河出文庫

わすれなぐさ

吉屋信子

河出書房新社

はしがき

ながれのきしのひともとは
みそらのいろのみづあさぎ
なみことごとくくちづけし
はたことごとくわすれゆく
（上田敏氏訳）

この一巻《ひとまき》の物語《ものがたり》に描きしことに、相似《あひに》し思《おも》ひは、世《よ》のうら若《わか》き少女《をとめ》の、ひとたびは、過《す》ぎし日《ひ》か、今《いま》の日に、身《み》に覚《おぼ》えあり給《たま》ふかと——微笑《ほゝゑ》みつ、はた、みづから遠《とほ》き少女《をとめ》の日の心《こゝろ》なつかしさに書きしるせしもの、あはれ、むらさきの、ひともとの、わすれなぐさ、おん手《て》に摘《つ》ませ給へとこそ。

信子

目次

わすれなぐさ

序詞《プロローグ》

級《クラス》の分類《ぶんるい》

皆さん、算術《さんじゆつ》を習《なら》うのは
買物をする時のため
たとえばおつりを貰《もら》う時
誤魔化《ごまか》されずに間違《まちが》わず
多く勘定《かんじよう》受け取っても
少なく貰わぬため

二三人どやどやと足並揃《あしなみそろ》えて今数学の時間の終ったあとを教室から流れ出ながら、こう歌うのです。そして廊下《ろうか》の中頃《なかごろ》からは、

巴里巴里《パリーパリー》　バラの花の巴里《パリー》
巴里巴里《パリーパリー》　春風《はるかぜ》にのり送る
巴里巴里《パリーパリー》　汝《なんじ》の甘き薫《かお》り
人の心　夢に酔わす
おお巴里《パリー》　ローズパリ

これは五六人から七八人――やがて十二三人にまで伝染《でんせん》して、合唱隊《コーラス》が出来たのです。

「おおやかましい、また軟派《なんぱ》が宝塚《たからづか》を始めたわ」

こう言ってうるさそうに又いささか軽蔑《けいべつ》した様につぶやいたのは硬派《こうは》の連中です。

しかし軟派の人達は平気のへいざです。

「よウ『女学生日記』見た？」

「ええ、フィリップス・ホームズですもの、もち見てよ、でも『アメリカの悲劇《ひげき》』の給仕《きゅうじ》姿のほうが断然《だんぜん》よかったことよ」

それからスクリーンの憧《あこが》れ人《びと》のお話がたくさん続きます。

まず御覧《ごらん》の如《ごと》きがこの学校の三学年のＡ級《クラス》の軟派と呼ばれる皆様方です。この御連中は級《クラス》の三分の一の数を占《し》めています。

それから、これに対抗して硬派と申す一派がございます。

それは名のとおり、とても頑固屋《がんこや》揃いでおかたいのです、ですから軟派の人達は、

「とてもがっちりしてるわね」

と硬派をけなします。

そのように硬派のお方達はがっちりとよく学課《がっか》を勉強なさいます。脇眼《わきめ》もふらず教科書を詰め込みます。又それを軟派の方達に批評《ひひょう》させると、

「たかが知れた高等女学校用教科書を皆棒暗記《ぼうあんき》したところで、どれほど利口《りこう》になるわけでもないわ、それより映画やレビュウのほうがより多く私達に人生を知らせるわ」

だそうでございます。

それから硬派の連中は（我が校の誇《ほこ》り）とか（母校の名誉《めいよ》）とかの観念《かんねん》を豊富《ほうふ》に持っているようです。従《したが》ってその中には亡《な》き人見《ひとみ》絹枝《きぬえ》嬢《じょう》を崇拝《すうはい》する運動選手も居《お》ります。東日主催《とうにちしゆさい》の神宮競技《じんぐうきょうぎ》などに最も熱心に我が校のために応援《おうえん》するのはこの硬派

の連中です。

軟派はそんなとき見事《みごと》に逃げ出して帝国劇場《ていこくげきじょう》や邦楽座《ほうがくざ》に姿をくらまします。そして曰《いわ》く、

「何が我が校をなんでしょう。あんなつまらない学校のくせに――」

ですって。

さて硬派の数もなかなか侮《あなど》り難《がた》く全級の三分の一ですから、まず軟派と同じくらいの頭数《あたまかず》でございます。

それからこの硬軟いずれの派にも属さぬ中立地帯《ちゅうりつちたい》が残りの三分の一の人達でございます。

その中立的の人たちはどういう風かというに、まず大体自由主義者でいらっしゃいます。

たとえば、ふだんは時折《ときおり》評判の映画も宝塚も観《み》に行《ゆ》きます。その時は一かどの軟派気取《きど》りです。しかしひとたび試験期となるや、たちまち硬派的態度で教科書やノートにかじりついて眼《め》を白黒《しろくろ》させます。ですからこの人達の心理はあてになりません。まず水は方円《ほうえん》の器《うつわ》に従い――というところでしょうか。ですから可もなく不可

もなく平凡人《へいぼんじん》が多いのだそうです。

ところが、その自由主義者以外にきわめて少数の個人主義者が居ります。

（わたしはわたし、芥子《けし》は芥子）

という、はっきり独立した精神の所有者で、いかなる関係にも加入せず孤独《こどく》の世界に棲《す》む人達です。

この人達の中には学課に好き嫌いや出来不出来の差のひどい方が居ります。

それだけに一癖《ひとくせ》ある人がいるようです。中には意地悪《いじわる》もいるんですって——校庭でどの群《グループ》にも入らず一人で本を読んで考え込んでいると云った型《タイプ》です。

次にこのいろいろな流派《りゅうは》の中のおもだった人をあげて御紹介いたしましょう。

その人々《ひとびと》

相庭陽子《あいばようこ》さん。

美《うつく》しい人、飛切《とびき》りのおしゃれです。コティの棒紅《ぼうべに》やコンパクトを学校にも離さず御持参《ごじさん》です。学校以外のお稽古《けいこ》に仏蘭西語《フランスご》とピアノをしていらっしゃるが、どうもそれよりダンスのほうがお上手《じょうず》らしいのです。お父様は実業家《じつぎょうか》、お宅は麹町《こうじまち》下六番町。自家用車のクライスラーで時々お友達を誘ってドライヴなどします。軟派の中の女王です。級《クラス》でのニックネームはクレオパトラ、理由は申さずともおわかりでしょう、クレオパトラでは、あんまり長過ぎるとあって略《りゃく》して、クレオと云うのだそうです。

佐伯一枝《さえきかずえ》さん。

これは硬派の大将、まさに全級一の模範生《もはんせい》です。ニックネームはロボット、すなわち人造人間《じんぞうにんげん》ですって、理由は、ああ先生の言うことばかり守って勉強第一では、暖《あたた》かい血が通《かよ》っているとは見えないとあって、こう言われるんです。お父様はお亡くなりになって、未亡人《みぼうじん》のお母様と幼《おさな》い弟妹《きょうだい》との寂《さび》しいお暮《くら》しは四谷伝馬町《よつやでんまちょう》の奥です。

弓削牧子《ゆげまきこ》。

これは個人主義の雄《ゆう》なる者、色が浅黒《あさぐろ》く栗色《くりいろ》で、眉《まゆ》が濃《こ》く、眼が冷たく澄《す》んで大きいのです。そして御気性《ごきしょう》は無口で風変りなんだそうです。お父様は某大学の教授の理学博士。御病身《ごびょうしん》なお母様と小さい弟さんとの家庭は本郷森川町《ほんごうもりかわちょう》の静かなお邸《やしき》です。これはニックネームなし、ただ（弓削さん）と言っただけでもう厳粛《げんしゅく》そのものの感じなのだそうです。

或《あ》る日《ひ》の彼女達《かのじょたち》

それは四月の末《すえ》でした、もう花は散って若葉《わかば》が悩《なや》ましいまでに梢《こずえ》に萌《も》え出るのです。

気の早い洋品屋は銀座通りの飾　窓《シヨウウインドウ》に麦藁帽子《ストローハット》を陳列《ちんれつ》し始めています。レインコートを伊達《だて》に抱《かか》えた学生達がふらふらと学校をさぼりたくなるいい季節なのです。

放課後一時にひしめき合う昇降口《しょうこうぐち》近くで牧子は一枝の姿を認めると、

「佐伯さん」

と呼びとめました。つまり個人主義者がいとも厳粛に硬派の大将様を呼び止めたわけなのです。

「はい」

さすがは硬派のスターです。はいと正確そのものの御返事をして直立不動《ちょくりつふどう》の姿勢でぴたりと歩みを止めました。

「あの、拝借《はいしゃく》させて戴《いただ》けて？　私の二三日お休みした間《あいだ》のノートを」

牧子はこう言うのです。彼女は此間《このあいだ》春過ぎの感冒《かぜ》をひいて咽喉《のど》を痛めて二三日学校を欠席してしまったのです。その時のノートを借りるとなれば、これはどうしても忠実《ちゆうじつ》な勉強家の一枝さんのを拝借に及ぶのが一番良い方法の筈《はず》ですもの。

「ええ、どうぞ」

一枝さんは意地悪のけちん坊ではないようです。そして鞄《かばん》を開けて、

「今此処《ここ》にあるの皆《みんな》お貸ししましょうか」

と気前《きまえ》よく差し出しました。

「どうもありがとう、今夜筆記《ひつき》して明日《あした》すぐお返しします」

ときっぱりした口調《くちよう》で牧子は申しました。

それはなんでもない問答《もんどう》です。学校内の風景としてよくあることに過ぎません。ところがその光景を始めから終りまで、じいっと見入《みい》っていた一人のひとがいたのです、それは外《ほか》ならぬ彼女、クレオの君《きみ》——相庭陽子さんです。

今彼女は牧子が一枝にノート拝借を申《もう》し出《い》でて、それを感謝して借り受けるのを見詰《みつ》めていました。

彼女はたぶん心の中で、

（ノートなんてつまらないものでなくて、映画のスチールか何かならたくさんあげられるのに――）

と思ったのかも知れません。

そして牧子が校門を出ようとするのを背後《うしろ》から呼び止めたのは陽子でした。

「弓削さん、ちょっと」

これは又軟派の女王が個人主義者のピカ一の牧子を呼んだわけです。

牧子は黙《だま》って見返《みかえ》りました。そこに美しく微笑《ほほえ》んで彼女が立っています。

「あのね、私のお誕生日に来て戴けて？」

と陽子は少し媚《コケットリー》びる風に小首《こくび》をかしげて甘えるように言うのです。

「えっ」

あまり突然な申し出でに牧子は俄《にわか》に返事も出来ないようです、だってふだんはさっぱり遊び仲間でもないのに、不意《ふい》にこう言うのですもの――。

「五月一日よ、私の生れた日、マリアの月、祝福《しゅくふく》の月、素敵《シック》でしょう」

と一人で素敵《シック》がっているのです。

「…………」

牧子は口の重い子ですから無言《むごん》です。

「ね、今年はどうしても貴女《あなた》にいらっしして戴くつもりなのよ、よくって？」

とこれはひどく高圧的《こうあつてき》です。

「私いますぐ御返事出来ませんの」

きっぱり牧子がこんな風《ふう》に初めて口をききました。

「そう、だけどどうしてもいらっしして頂戴《ちょうだい》よ」

陽子は相手がどうだろうが、ともかく自分の言い出したことは必ず後には引かない、ブルジョアの我儘娘《わがままむすめ》の態度でせまるのです。この美しい女王の仰《おお》せなら級《クラス》の人達はまずたいてい承知《しょうち》する筈です。その大いなる自信を持っているクレオの君の前に、その美にも権勢《けんせい》にも屈《くっ》せざる牧子は冷然と、

「伺《うかが》えるかどうかわかりません」

と言いきりました。そしてすたすたと校門を出てしまうのです。

その後姿《うしろすがた》を見送りつつ陽子は今初めて烈《はげ》しく自分の誇りを傷《きず》つけられたものの如く唇《くちびる》をひしと嚙《か》み締《し》めて立ちすくみました。

——以上が、この物語の序曲《じよきよく》でございます。

＊　＊　＊　＊

牧子の家

牧子の家はいつも気味の悪いほど、もの静かだった。家の中の大半を占めているのは父の書斎とそれに附属《ふぞく》する研究室だった。父の弓削博士は大学教授の栄職《えいしよく》に満足《まんぞく》せず更に科学界の帝王の夢を見るように、なかなか野心満々《やしんまんまん》たる人だった。近く弓削理科学研究所を設けて自分の野心を思うさまのばしたいと希望して有志《ゆうし》の資産家からひろく寄附《きふ》を仰いでいるのだった。それゆえ博士にとっては自分の家庭よりも妻よりも子供よりも自分の研究の仕事のほうがより以上に大切だったのである。

だから自《おの》ずと家《うち》はうす冷たかった。その上悪いことにお母さんの喜久子《きくこ》夫人が、とかく病身勝《びょうしんが》ちで月の大半は寝て暮すようだったから、ともすると家の中は火の消えたように打ち沈むのだった。

父は研究室に引きこもり顕微鏡《けんびきょう》ばかり覗《のぞ》いている、母は病室に青い花のように臥《ふせ》って、そうした家に牧子と弟の亙《わたる》は寂しく寄り合って育ったのである。

その日も学校から帰って母の部屋へ（只今《ただいま》）の声をかけると、喜久子は起き上って珍《めずら》しく亙の為にセータなどを編《あ》んでいるのである。

「お母様、今日はおよろしいの」

と牧子は言うと、

「ええ、貴方《あなた》達を寂しがらせておくと気が気でないので起きて見ましたよ」

と強《し》いて作る元気を母は見せるのである。世は春も深《ふか》んでもう夏めくのに、病い勝《わずら》ちの母の面影《おもかげ》を心さびしく牧子は見入った。

「姉さまア、お帰りなさい」

と竹早町《たけはやちょう》の附属小学校の制服で亙が姉の帰った気配《けはい》に早くも飛んでやって来るの

だった。

「亙さん、きょうはお母様のお部屋で遊べてよ」

と牧子も弟にだけは明るく口数《くちかず》を重ねるのだった。

そして夕方父の博士も黒の折鞄《おりかばん》を抱えて玄関へ立ち帰る。

母と姉弟《きょうだい》三人これを迎《むか》えて、亙が父の手を取って、

「お母様もきょうはおかげんいいのオ、お父様」

と告《つ》げると、

「そうか」

とただ一言冷淡《れいたん》に――そして男の子の亙だけは可愛《かわゆ》いのか、そのつむりを撫《な》でるのである。その父の姿を少し離れて見つめていた牧子の眼には何か父に対する反抗の色がちらと浮び出るのだった。

その晩の食事、学者らしく質素《しっそ》な食堂に久しぶりで母も入って食卓に向った。

父はいつものように黙りこくっている、でも隣りの椅子の亙にだけは愛撫《あいぶ》を忘れないで、

「亙、よくおいしいものを、たくさん食べて早く大きくなって大学に入って将来は

お父さんの研究を手伝ってその後を継《つ》ぐようになるのだよ、いいかい」

といつもの口癖《くちぐせ》を言うのだった。

父の博士には男の子は頼《たの》もしい自分の後継学者として眼中《がんちゅう》にあるが、長女の牧子は女の子なるが故《ゆえ》に、どうでもよいよけいな子のような感じを持っているらしかった。

牧子はその父の気持がよくわかっているので、自分もまた父に少しも甘えて行けず、むしろ白い眼を父に向けて、反抗し勝ちの娘となってゆくのを、どうしようもなかった。

父に愛されず、又自分も父を愛し得ぬ不幸な娘がそこに一人あった。牧子が学校の成績のいいのを喜ぶのは母だけだった。男尊女卑者《だんそんじょひしゃ》の父には要するに女の子の学校のことなど、どうでもよかったのである。

食事しつつも牧子は何一つ父にものを言おうともしなかった、ただ母にだけは話をした。それもまず学校での一日の出来事《できごと》が彼女の語る第一の話題《わだい》だった。

「お母様、今日ね学校で級《クラス》のお友達の方に思いがけなくお誕生日の御招待《ごしょうたい》を受けましたのよ」

そう言うと、

「おや、そう、どなた、仲よしの方でしょうね」

母の喜久子は静かに言う。

「いいえ、それがおかしいんですの、級ではでな遊び好きな方で私なぞとまるで気の合わないような方からなの」

「まあ、どうしてその方が牧子さんを招待なさるのだろうね？」

「ですから、私御返事に困りましたのよ、その方は相庭陽子さんて、お父様は有名な会社の取締役《とりしまりやく》や社長をしていらっしゃってお金持なんですって、きっと盛大《せいだい》なお誕生のお祝いをなさるのでしょうね」

そういう娘の話を小耳にはさんだのは父の博士だった。

「何《なに》、相庭！　では麴町の相庭健介氏の嬢さんではないか、有名な財界《ざいかい》の大立物《おおだてもの》だよ、お父さんとも今度の事業のことでよく知っているよ」

いつも、ろくに娘の会話に入ってくれようともしない博士が相庭家の令嬢《れいじょう》陽子のお誕生日のお祝いに招待を牧子が受けたと知ったら、こんなことを言い始めた。

「そう、お父様御存じですの」

牧子はきわめて冷淡にそう言った。

「それで牧子、お前は無論《むろん》その御招待をよろこんでお受けしたろうねえ」

父はそう言った。しかし牧子は首を振って見せた。

「いいえ、私お断りいたしたいと思いますの、だって、そうよくお遊び仲間でもない方のお宅へ招かれて伺うのいやですもの。ですから今日も（伺えるかどうかわかりません）って御返事しておきましたの」

そう牧子が告げるのを聞いた博士は眉をひそめて、まるで牧子が悪い事でもしたように叱《しか》る口調で、

「それはいかん、第一失礼だ、お前はどうしても相庭氏のお宅へ伺うのがいいよ」

と半《なか》ば命令する口調だった。

「でも貴方、牧子が気の進まないと申すのなら自由にさせたほうがよろしいでございましょう、それに学校でもそうよくおつきあいしていない方のようですから――」

と母の喜久子が娘のかたを持って父をなだめようとすると、ますます博士は苛立《いらだ》って、

「いかん、いかん、それは断じていかん。相庭氏は今度わしの建てる弓削理科学研究所に莫大《ばくだい》な寄附金をされる約束をされているのだ、その人の令嬢の誕生日に牧子がお断りして伺わなかったりしたら、父親の健介氏がひどく感情を害《がい》されでもされてはあとでわしが困るというものだ。牧子は是非《ぜひ》行くがよろしい。今でも相庭氏のお宅へ電話をかけて、(今日は失礼した、お誕生日には喜んで伺わせて戴きます)と早速《さっそく》御返事なさい。いいか牧子」

その父の命令に牧子は口をつぐんだ。利己主義《りこしゅぎ》なお父様、野心が社会的にありすぎる学者のお父様！　牧子は心の中で父にもの足りなさを感じつつ悲しく眼を伏《ふ》せた。

「牧さん」

娘の心中《しんちゅう》に何を思っているか、デリケートな母性《ぼせい》の愛は早くもそれをさとらせたので、喜久子は眼にやさしい、いたわりの色を浮べつつ娘を呼んだ。

「ね、牧さん、お父様があおっしゃるのですから、相庭さんのお祝いの日に伺うことにしてはどう。別に外《ほか》にいやな事さえなかったらね」

と頼むように言う。

「僕こう思うよ、姉さまときっとそのひと仲よしになりたいからお誕生日に呼ぶんですね」

互が無邪気《むじゃき》に口を入れたので牧子は初めて微笑んだ。

陽子《ようこ》の家《いえ》

マホガニー塗《ぬり》の華奢《きゃしゃ》な卓子《テーブル》の前の出窓《でまど》の下には棕梠《しゅろ》の樹《き》の葉が春の夜風《よかぜ》にさやさやと音を立てている。

今宵《こよい》その窓の前に自分の影法師《かげぼうし》を写しつつ、古風な帆船《はんせん》の形をしたスタンドの灯《ほ》影《かげ》に何かもの思わしめる風《ふう》をしているのは陽子だった。

彼女が今やるせなげに頬杖《ほおづえ》をつくようにしている机の上には淡黄《たんこう》色に金箔押《きんぱくお》した小型の日記帳が開かれてある。その上にこんな文字がペンの跡《あと》も匂《にお》うように誌《しる》してあるのだった。

Ｍ・Ｙ・あの人を完全に征服《せいふく》してしまうのが、今の私の生活の一番楽しい大きな興味《きようみ》だ。

私は努力し必ず成功して見せよう。


陽子はその日記帳をぱさりと閉じてしまうや、机の前の椅子《いす》を離れて、壁ぎわの長椅子の上に身を投げかけるようにした。

「こんな子供っぽい服早く御免蒙《ごめんこうむ》りたいわ」

と口癖のように言っている紺のセーラーの学校の制服を帰ると急いで脱ぎすてる彼女は、今午後の絹の服に着更《きか》えて白毛《はくもう》の飾《かざ》りのついた赤い上靴を履《は》いて、このなよらかな綺麗《きれい》な脚《あし》を組み合せて、赤と黒との構成派模様《こうせいはもよう》のクッションによりかかり、もの憂《うれ》わしげに長椅子の片側によせかけてある仏蘭西《フランス》人形を抱き上げて、

「ポッピー、私の願いを叶《かな》えてよ」

とじれるように言うのだった。

そのとき階段をいそいで上《あが》る足音がして扉《ドア》を開き小間使《こまづかい》が顔を出した。

「お嬢様お電話でございます」

その声のほうを振《ふ》り向《む》きもせず、陽子は奉公人《ほうこうにん》など同じ人間とは思わないという様子で、

「誰方《どなた》から？」

と言う。

「あの本郷の弓削様とおっしゃいました」

それを聞くや陽子は現金に人形のポッピーをぷいと床に投げすてて長椅子を立ち上り、

「えっ？」

と眼を輝かせて階下の電話室へ上靴の音高らかに駈《か》け込《こ》んだ。

「もしもし」

と受話器を取れば――。

「私牧子でございます」

とまさしく、M・Y・その人の例の冷たい落ち着いた――。

「あの、何か御用《ごよう》？」

とわざと取《と》り澄《すま》した声で陽子が言うと、

「今日は学校で失礼いたしました。あの、お誕生日の御招待をお受けして私伺わせて戴きます」

牧子が少しかたくなって言葉を伝えるのである。

「あら、そう、わざわざ御丁寧《ごていねい》な御返事で恐れ入りますこと、ホホホホホ」

その陽子の笑い声と共に電話は切れてしまったのである。

陽子は勝ち誇ったような顔で電話室を出で、

巴里巴里《パリーパリー》　バラの花の巴里《パリー》
巴里巴里《パリーパリー》　春風にのり送る

ラララララと足拍子《あしびょうし》を取って階上の我が部屋に踊《おど》り込むように入るや、さっき床に投げつけた人形を取り上げて嬉《うれ》しげに機嫌《きげん》よく頰摺《ほおず》りして、

「ポッピー、ありがとうよ、すぐ願いごとは叶ったわよ」

と言った。ルイ十四世時代の風俗衣裳《ふうぞくいしょう》をつけた貴婦人《きふじん》の美しい仏蘭西《フランス》人形はきょとんとして、この気ままなお嬢さまの顔を呆《あき》れたように見詰めていた。

彼女は又勢いよく机の前へ進み、スタンドの灯の下に、さっきの書きかけの羊皮《ようひ》表紙《びょうし》の日記帳を開いて新たなる一行を書き加えた。

見よ我が事成《ことな》らざるなし、ブラヴォ！

まさに得意満面《とくいまんめん》なのである。彼女は自分の美と華やかさと才気《さいき》の前にかくも冷然たる個人主義者の牧子を征服したと確《かた》く信じて、彼女の自信はいやさらに高まった。牧子が何故《なぜ》俄に慌《あわ》てて夜電話でまで彼女の許《もと》によき返事をしたか、それが彼女の父の研究所に対して金力《きんりょく》の勢いを持つゆえにとは露知《つゆし》らぬ陽子だったから——。

黒《くろ》のタンゴ

五月一日。
陽子の誕生日。

彼女の邸の客間は大賑《おおにぎ》わい――例の級《クラス》での軟派の連中は皆詰めかけている。でも今宵の女王の彼女は何処《どこ》か浮かない顔――。その原因は？　あの人がまだ来ないのだった。もう食卓はとうの昔に開かねばならぬ七時過ぎだというのに――。

電話かけて、弓削博士の家へ催促《さいそく》しようかしら？　それもこちらの見識《けんしき》にかかわるし――と誇りの強い陽子は苦しい。

あれほどちゃんと伺いますって約束したのに卑怯《ひきょう》な人！

「ああ僕とてもお腹《なか》が空《す》いた、まるで狼《おおかみ》のようだ。今夜の綺麗なお嬢さんをあんぐり食べてしまおうかな！」

と、とんきょうに叫《さけ》んで笑わせているのは、この邸へ出入りする陽子の父の会社の若い社員達だった。

「だってまだ一人お客様が揃わないんですもの、先にお食事始めては悪いわ」

と陽子がとうとう本心を言った。

「でも、遅く来るのは向うの勝手《かって》でいけないのよ、何も御主人はそんなふらちな人に遠慮《えんりょ》する事はないわ」

と外《ほか》の早くから来ているお客様は不平《ふへい》らしかった。

「だって、そのお客様とても私に大切な人なのよ」

陽子が言い放《はな》った。

「ダアー」

とわざと仰山《ぎょうさん》に軟派の友達、椅子のうしろに、のけ反《ぞ》って見せた。

「その陽子さんのいともお大切な方って、どんな方?」

皆非常な好奇心《こうきしん》に燃えた。

「美青年《ボウ・ギャルソン》?　素敵《シャルモン》な?」

「否《ノン》」

陽子が烈しく首を振った。

「あらっ」

「ほウ——」

「じゃあ——女性《フエミナ》?」

「そう《ウィ》」

陽子がうなずいて見せた。

「誰《だれ》？　有名な女優、音楽家、アメリカからの宮川美子《みやがわよしこ》、宝塚のひと、松竹楽劇部《しょうちくがくげきぶ》のひと、ちがう？」

客達は昂奮《こうふん》して彼女のお大切な今夜の一人のお客様の女性を当てようと試《こころ》みて、誰でもが皆失敗した。みなちがうのである。

と軟派連おたがいに顔見合せたが、いずれも学校友達で招かれているのは一人残らず今日来ているのである。

「こう揃っているのに、まだ一人大切なのがあるって、おかしいわ」

と首かしげたが、

「ともかく、その一人の方にくらべて私達数人は陽子さんに取ってものの数でもないってことが今日よくわかったわ」

「悲観《ひかん》悲観」

「私もう帰るとしようっ」

と気早《きばや》く怒りっぽい人もいた。

その騒《さわ》ぎの中に、小間使が顔を出して陽子の前へ、

「弓削様が只今お見えになりました」

「えっ、弓削さん！」

「あの弓削さんですって」

一同吃驚仰天《びっくりぎょうてん》して開いた口がふさがらなかった。

弓削さんが今日此処へ来るってことは、どうしたって場ちがいな、それは本当に思いもかけぬことなのである。

「あっ、いらっしたの！」

と陽子の眼は輝《かがや》いて飛び出すように出迎《でむか》えに――。

「へえ！」

と軟派連一同顔見合せてそれなり押《お》し黙ってしまった。

陽子が玄関に出ると、牧子は春の外套《がいとう》を脱いでリオン絹の白地に木目《もくめ》の浮き出た午後の服で、顔には白粉気《おしろいけ》がなく、ただ仄《ほの》かに頬紅《ほおべに》と口紅《くちべに》だけつけて、眉もきっと濃く沈んだ顔だったが――それが陽子にはとても素敵《すてき》だったのである。

「貴女の為に今まで待っていましたのよ。よくいらしって下すったわねえ、さあすぐ食堂へ入って頂戴、外《ほか》のお客様にお腹のへった不平散々《さんざん》言われて困っていたんですもの」

と陽子は少し媚《こ》びるように身体《からだ》を近く添《そ》えて言った。

「ありがとう、でも私もう食事すまして参りましたの。母は病身で引《ひ》き籠《こも》って居りますし、父は帰宅がいつも遅いのですし、お夕飯はたいてい弟と二人きりなものですから、弟一人で寂しがるので私家《うち》で戴いて参りましたから、ごめん下さい」

牧子は丁寧にあやまった。

「まあ——ずいぶんね——それじゃ待っていたこと、およそ意味ないわ」

陽子はひどくがっかりして怨《うら》めしそうに牧子を優しく睨《にら》んだ。

「じゃあ——仕方《しかた》がないわ、せめて食堂にだけならんで頂戴、よくって、私の隣《とな》りよ。ねえ、今夜の一番大事なお客様って私もうみんなに御披露《ひろう》してしまったんですもの——いいこと？」

と陽子は半ば哀願《あいがん》するように言った。いつも勝ち誇った彼女がこんなことを言うのはよくよくの思いなのであろう。

牧子も自分が家で食事をすましたのは勝手なような気がしてすまなかったので、

「ええ」

と口重くうなずいた。

するとすぐ陽子はすぐはしゃぎ出して、

「さあ、これでみんなお揃いよ」

と客間に牧子を引っ張って行った。

「やれやれ、これで僕達もどうやら欠食児童《けっしょくじどう》にならずにすんだね」

と又も青年達がへらず口をきいて皆を笑わせた。

花をいっぱい卓上に飾った食堂の椅子には、その宵のお客様の名を書いた小さいカードが置いてある。

中央の主人役の陽子の右隣りのカードには、ローマ字で、牧子の名がしるしてあった。

牧子はそんな場所に坐《すわ》るのは晴れがましく、それにふだん陽子とべつだん仲も善《よ》くないのに、今夜そんなに歓待《かんたい》されるのが不思議で椅子のすわり心地《ごこち》が悪かった。

それでも牧子は努力してホークを取ってものをおいしく食べる振りをした。

「美しき陽子さんの御幸福《こうふく》を祈りましょう、皆さん」

と誰かが白葡萄酒《しろぶどうしゅ》の小さいコップを持ち上げた。牧子は病身の母が飲む薬用葡萄酒を少し飲んだことがあるぎりの経験でそのコップに口をつけたら唇が痛いほどだった。

牧子は食慾《しょくよく》がないので早く食堂から解放されるのを待っていた。

「今夜のダンス楽しみね、私今夜のために特別猛練習したんですもの」

と囁《ささや》いている学校友達の言葉を聞いて、とんでもない、ダンスを知らない自分が来て何になるのかと牧子は又気が沈んでしまった。

「さあこれでお腹の用意は出来たぞ。これから一晩夜明けまで踊り抜くんだ」

と、例のとんきょうな声で青年達が言い出す頃には、もうデザートのアイスクリームも残らなくなり、客間のほうからは陽子が父に頼んで呼んで貰ったなんとかバンドの楽師《がくし》達が四五人来て心の浮き立つような奏楽《そうがく》を始めた。

「蓄音機《ちくおんき》じゃなくてバンドが来ているの、まあとても大がかりねえ！」

と少女達は浮かれきってしまった。

「さあ、あちらへ行きましょうよ、これからが牧子さん面白いのよ」

と陽子が隣りの牧子をうながして立ち上がりながら、

「貴方今夜私と踊って頂戴ね、うまくリードしてね」

と言うと、牧子はかたくなって、

「私ダンス少しも知りません」

と、はっきり答えた。

「えっ、なさらないの、そう、でもかまわないわ」

と陽子は平気だった。

「私が上手にリードしてあげますから、今夜を手始めになさいよ、すぐお上手になってよ、私がダンスの先生になってあげるわ」

と陽子は牧子の手を引き立てるようにして、次の広間へ出て来た。

陽子は楽師達のほうを振り向いて声高《こわだか》に命令するように叫んだ。

「ワンステップの何かやさしいのにしてよ、この方にプロムナードからお教えするんですから」

と牧子の肩を抱いて歩き方のお稽古を始めた。

「おやおや、いつの間にか舞踏《ぶとう》学校になったぞ」

と外《ほか》の青年達は陽子が牧子にばっかりくっついているので、つまらながり、外の学校友達の少女も、いつの間にか牧子が自分達を押しのけて陽子の大事な友達になっているので、吃驚して、妬《ねた》ましくもあり、少し勝手がちがって何がなんだかわからなくなってしまったのである。

でも我儘いっぱいの陽子はそんな外の人達がどう思っていようが一切おかまいなしで、無理にも牧子にダンスを仕込《しこ》む決心で夢中《むちゅう》になっている。

牧子はみんなにじろじろ足元を見られる中で陽子に引っ張り廻《まわ》されるので、気が気でなく汗が出てしまう。はては苦痛《くつう》になってしまった。

「陽子さんもひどくものずきな方ねえ」

と日頃忠実だった彼女の部下達は自分達の女王のため悲しがった。

しかし陽子のほうでは牧子にダンスを教え込むのに夢中だった。

「そら、もうどうにか私についていらっしゃれるでしょう。貴女は音楽の理解力があるからすぐ上達《じょうたつ》なすってよ」

と陽子は牧子を手離《てばな》さず、あくまで教え込もうとする、そして何か俄に思いついたらしく――

「ああ、そうそう、私いつかテレジイナの舞台を見て、あの黒のタンゴが気に入って黒いスパニッシュ風のピジャマ（パジャマ）を作って見たのよ。夏の海岸《ビーチ》ピジャマにもなると思って――それに黒い帽子も作ったの、それ今夜牧子さんにお着せして見たいわ、いらっしして頂戴！」

と言うや、いきなりつーと牧子の手を引いて二階の自分の寝室へ上《あが》って行った。

牧子はさっきから、もうふらふらしていた。もう陽子のその態度《たいど》になんにも反抗し拒絶《きよぜつ》する力を失ってしまったのだった。

寝室の扉《ドア》を息せき開くと、まず牧子を押し込むようにして陽子は入った。

寝台の傍《そば》の化粧卓子《けしようテーブル》の上にはお化粧の品や香水の壜《びん》と一緒に紅《あか》いリボンで結《むす》んだ小箱や紅白の水引《みずひき》をかけた贈物《おくりもの》が花束と共に乱《みだ》れたまま置いてある。

「牧子さん、貴女の小麦色《こむぎいろ》の肌をもっとよく見せる為にこの白粉どう？」

と陽子は濃い栗色の粉白粉を出して見せた、そして卓上のたくさんの贈物を邪魔《じやま》のように片手でずいと押しやりながら、

「これみんな今日の私のお誕生のお祝いに皆さんから戴いたものよ――ホホホホ、貴女は何も下さらないの？」

陽子にそう言われて牧子は真赤《まつか》になってしまった。初め気が進まないで、ことわったのを父が自分の科学研究所に陽子の父がたくさん寄附を約束した故に、是非行けと命ぜられて来たようなものだったから、とても陽子への贈物なぞ気にもしなか

ったのである。しかし思えばなんという気の利《き》かなさだったろう――お誕生日のお祝いに招かれていて、それに花一つ持って来なかったとは――牧子は恥《は》じた。

「でも、これから下さるなら喜んで戴くわ、だって私何もこう申し上げるからって欲張《よくば》りからじゃないのよ。つまりそんなに貴女から何か一つ戴きたいのよ。こんな外《ほか》の方から何戴いたってちっとも嬉しくはないわ――」

と、さぞ外のお客様が聞いたら気を悪くするだろうに――陽子は卓上の贈物を無《む》視《し》して、牧子の顔にパフを刷《は》いた。

牧子はまるで日頃の彼女のあの澄んだ理智《りち》も強い意志も、もう今夜は何処に振り落して来たのか或いは一種の不可思議《ふかしぎ》な陽子の魔術《まじゅつ》にかかっているのか、ただ彼女のなすままに任《まか》せているのだった。

「ね、何か下さる、それもわざわざ買って下さるのいけないの、貴女の身につけて持っていらっしったもの戴きたいの、いいこと？」

陽子はお化粧をしながらも、しきりと又それを言う。

「ええ」

牧子はほんとに魔術にかかった様にうなずいてしまったのである。

「ああ、これでお化粧がすんだわ、それから髪にウエーヴを少しかけさせて頂戴よ」

彼女はアイロンを持ち出して固形アルコールのメタ（固形燃料）に火をつけた。牧子は精神のない人形のように黙々《もくもく》として彼女に従った。

「素敵素敵、これでお支度《したく》が出来上ったわ。さあこれからいよいよお召替《めしかえ》よ」

と陽子は一人で活躍を続けた。

「さあ立って、その白い服脱いで頂戴」

そう言われたが、さすがに牧子は自分の服をそこで脱ぐのをたゆたった。

「だって、その上へ黒いピジャマ着られないわ、ね、だから――」

と言うや陽子は牧子の服を自分からさっさとホックをはずして脱がせてしまった。

――なんという意気地《いくじ》のない牧子！――牧子は自分で自分が悲しかった。でもうどうする事も出来なかった。まるで夢みるように陽子の魅力《みりよく》のある言行《げんこう》に引き入れられてしまうのだった。

陽子は黒繻子《くろじゆす》のピジャマ風の服を取り出した、裾《すそ》のほうにいって水兵のズボンのように拡《ひろ》がっているパンタロンを牧子にはかせて、銀糸《ぎんし》の縫《ぬい》で飾《かざ》った短いスペイン

風の上衣《うわぎ》を着せて、そして黒い鍔《つば》のひろい帽子を斜《なな》めに冠《かぶ》らせて、さてそうした牧子を見て、自分でうっとりしたように眺《なが》めて、

「まあ、思ったよりもっと綺麗な美少年に見えてよ！　それ御覧なさい！」

と陽子は彼女を寝台の衣裳棚の前の大鏡《おおかがみ》に立たせた。

牧子は今変った自分の姿を我《われ》から驚いて眺めた。

すらりとした黒衣《こくい》の姿、黒の帽子の下の濃い眉と涼《すず》しい眼——これが自分かしらと牧子は眼を見開いた。

「これから下へ降りて行ってみんなをあっとさせましょうよ」

と陽子は昂奮したように気もそぞろの風で牧子の手を又引っ張って下へ馳《か》け降りた。

明るい灯《ひ》の下——ぱちぱちと拍手《はくしゅ》の音が湧《わ》いた、その中に人々の注視《ちゅうし》を受けて黒のタンゴのいでたちで牧子は立たせられた。

「ね、どう、いいでしょう？」

陽子は自分で作ったお人形を自慢《じまん》するように誇るのである。

「とても！　驚いたわ、弓削さん宝塚へお入りになれば奈良美也子《ならみやこ》そこのけの男役

が出来そうよ」

「ええ、大変な美少年のスタイルよ、宝塚の人いけないわ、断髪《だんぱつ》しないのに男装《だんそう》するからお部屋の中で男が帽子を取らない不自然さがあったり、かぶったベレイのうしろがぽこんと持ち上ったりして醜態《しゅうたい》ね」

と又も宝塚のお話になってしまう。

「牧子さん、それでひとつタンゴをあざやかに踊るといいんだけれど、今夜ワンステップ始めたんじゃ前途《ぜんと》程遠《ほどとお》いけれど——でもそれで歩くだけで立派《りっぱ》なものよ！」

と陽子は自分が作ったお人形の牧子と肩をならべて客間を歩き廻る。

「弓削さんて硬派の大将かと思ったら、ああなるんですもの、陽子さんに出会っちゃ、もう章魚《たこ》みたいに、ぐにゃぐにゃね、ああ驚いた」

と呆れ返っている友達をうしろに陽子は牧子と肩をならべて、こっそり客間に続くサンポーチから裏庭《うらにわ》へ出てしまったのである。

広い裏庭の立樹《たちき》の青葉は匂って、五月の夜、初夏《しょか》の夜の空気は青葉のむせかえる匂いをこめて何か官能《かんのう》的にもの思わしめる宵だった。

裏庭の石垣《いしがき》の下は人の通り路《みち》で、街燈《がいとう》がついて仄かに明るかった。その石垣の上の木蔭《こかげ》に、通路に面して二人は肩をならべて立った、うしろの建物の窓に背を向けたのである。

陽子のしなやかな手が熱を帯《お》びて牧子の肩にまつわりついた。

「ね、今夜から仲よしのお友達になって下さる？」

こう甘く優しく囁くのである。

牧子はさっきから少し夢みているように――いつもの自分の気持を取り失っているのである。

「…………」

答もなく牧子はさしうつむいた。

木蔭の薄暗《うすやみ》の中にもの言わぬ黒き薔薇《ばら》に似《に》しその人をじっと見入った陽子は小さい絹レースの半巾《はんかち》を取り出して、牧子の頰のあたりを拭いてやった。

「ごめんなさい、さっきから引っ張り通しで、少し汗が出たでしょう」

と――牧子は今優しい手で拭かれるその半巾に浸《し》みた香水の匂いを感じた。

「わすれなぐさの香水よ、お気に召《め》して、この匂い……」

牧子は黙っていた。そんな時どんな気の利いた会話をしていいのか、日頃《ひごろ》練習がないから答えよう術《すべ》がなかった。

「もし貴女がこの匂いお好きなら私いつでもこの香水ばかり使うことにしますわ」

牧子はかたくしゃっちょこばってしまった。その時である、石垣の下の通路にさす人影《ひとかげ》、いそいで歩く人、それは少女、しかも自分達の学校の制服のセーラー。

「あっ佐伯さん！」

牧子は叫んだ。

その声にはっとしたように石垣の上の立派な邸の庭を見上げたのは本当に一枝だった、彼女は手に薬壜の包みを大切そうに抱えている。

「あら、ほんとうにロボットの君だわ、なんだってこんなところ今頃歩いていらっしゃるのかしら――」

陽子が上から覗き込んだ。そして悪戯気《いたずらぎ》を出して、からかって見たくなったのであろう、手にしたわすれなぐさの香水を浸ませた半巾《はんかち》をひらりと一枝の行く手に振り落した。

「それ差し上げますわ」

陽子はこう言って明るい笑い声を立てた。一枝の前にひらひらと白い翅《つばさ》の雛鳥《ひなどり》のように匂《にお》やかに半巾は舞い落ちた。

何か辱《はずか》しめを受けたように一枝はきっと唇を引き結んで蒼白《あおじろ》い面持《おももち》で石垣の上の二人を見上げたが、黙ってその半巾をひろうや、丁寧《ていねい》に四つに畳《たた》んで石垣の上に載《の》せて、ものも言わずくるりと向うを向いてさっさと行き過ぎて行く――その静かな生真面目《きまじめ》な沈着《ちんちゃく》な一枝の態度をじいっと上から見おろしていた牧子は、この時夢から醒《さ》めたように――いつもの自分に立ち返った。

「私今夜もう失礼させて戴きます」

こう陽子にかたくるしく言うと庭を横切って走り出した。

「何故急にそんなことをおっしゃるの？　何かお気にさわったの？」

陽子は慌てて牧子の前に立ち塞《ふさ》がった。

「いいえ、ただ――こういう集まりに私は来る筈ではなかったのですから――それが今気がついたので……」

牧子はもう陽子の誘惑《ゆうわく》に負けまいと決心したように――。

「だって、それを折角《せっかく》いらっしゃって下すったんじゃないの――」

陽子が言う。

「でも——それは父が申したものですから、貴女のお父様から父の研究所に寄附して戴く間柄《あいだがら》のお宅だから是非伺えと申しましたの」

牧子は真実をはっきりと言った。

「まあ——それで貴女いらっしたの？」

陽子の誇りは地に落ちて砕《くだ》けたかのように、彼女はひしと唇を噛み締めた。そしてさっき一枝が黙って置いて行った、あの半巾を石垣の上から取り上げるや、ぴりぴりと二つにも三つにも裂《さ》いた、ぷいとそれを掌《てのひら》で丸めてすてると気を取り代えたように彼女は牧子の後を追った。

まるで汚《けが》らわしい場所から逃《のが》れ去《さ》るように牧子は客間を横切って玄関へ出ようとして、はっと自分の異様《いよう》な身なりに気づいて真赤になった。そしてまごまごしているうちに陽子がうしろから声をかけた。

「寝室でお着更えになって頂戴な——でもそれお気に召したらそのままお帰りになってはどう——」

からかうのか本気なのか陽子はそういうのである。

＊　　＊　　＊　　＊　　＊

牧子は自分の家の前へ自動車が止まるとほっとした。

その車は陽子が無理にいやがる彼女を乗せて邸から送らせたのである。丁寧にお辞儀《じぎ》をする運転手に会釈《えしやく》も忘れて牧子は我が家の仄暗い玄関に駈け込んだ。

遠い遠い世界、まだ見なかった夢のような不思議な世界から逃れて、やっと自分の棲む国へ帰り着くことが出来たような気持だった。玄関へねむい顔して出迎えた女中に、

「お母様は？」

と聞くと、

「先程《さきほど》からお眼ざめでお帰りをお待ちでいらっしゃいます」

と答えた。

はっとして、何か母の知らぬ間《ま》に深い罪悪《ざいあく》を犯《おか》して来たように牧子は人知れず胸が痛んだ。

母の部屋へそっと入ると、早くも娘の足音に気づいた母の喜久子は床《とこ》の上に起き

あがって、

「お帰りなさい、どうでした、賑やかで面白かったでしょう」

と優しく問う。

「お母様、ずいぶん遅くなったでしょう」

と牧子が詫《わ》びるように言うと、

「いいえ、もう少し遅くなると思って、暫《しばら》くしたらお迎えの車をやろうかと思っていたのですよ。牧さんもいつもお母さんがこんな病身でぶらぶらして寂しい陰気《いんき》なお家で可哀想《かあいそう》だと思っていたのですから、今夜幸《さいわ》い相庭さんのお宅で賑やかに遊ばせて戴けていいことだとお母さんも喜んでいたの――」

その慈愛《じあい》に満ちた母の理解のある言葉を聞くとなんだか牧子はかえって悲しくなって泣きたくなった。いっそ、こんな時は母さんが頭から無理解でがみがみ小言を言われれば、こっちも何をと反抗する気になるのに――牧子は自分がひどく不良にでもなったように良心がとがめてしまったのである。

「又明日いろいろお話を聞きますよ、今夜はもうお休みなさい」

母にまた言われて牧子はしおしおと立ち上った。父はまだ帰宅せぬのか父の書斎には灯影もない。牧子が入る自分の部屋の隣りは瓦のお部屋である。

「瓦さん」

と呼んだが、勿論《もちろん》彼は今童話《どうわ》のような夢の中であろう。

牧子は我が部屋に入《い》り今宵母が着せて出した白絹《しろぎぬ》の服を脱いだ――その瞬間《しゅんかん》ふっと匂うたのは、わすれなぐさの香水、あの陽子の寝室でタンゴの服に着せ代えられて脱いで置いた間に早くもあの人の使う香水が移ったのか、陽子が香水噴《ふ》きで浸み込ませたのか――牧子は忘れていた夢を又思い出したような気がした――。

妖《あや》しく美しい陽子と肩をならべたあの邸の裏庭の五月の夜のひととき――それと同時にその下の街路を寂しくうつむいて薬壜の白い包みを持って、いそぎ足に歩いて行った一枝、心なき陽子のからかう振舞《ふるまい》に、きっとなって見返りつつも無言に半巾を畳んで置いて去った凜々《りり》しい姿――それが、たがいちがいに牧子の胸を動かすのである――。

一枝の家

一枝のお父さんは歩兵大尉《ほへいたいい》だった、亡くなったのは戦死ではなかった。満洲守備《まんしゅうしゅび》隊《たい》に行っていらっしゃる時、病《やまい》を得て退職し、少佐《しょうさ》に進み病死されたのである。そのお父さんは残る妻と子供達に遺言書《ゆいごんしょ》を書かれた、それはこういうのである。お母さんに当てた遺書《いしょ》は別で、子供達のはめいめいのが一つの巻紙《まきがみ》に墨《すみ》できちんと書いてある。

一枝に。
お前は長女ですから、責任が重い、父亡き後《のち》は母さんを助けて家《うち》でよく働いてくれ。父のあとを継がせる大事な男の子の光夫《みつお》の為にも、末の子の幼い雪江《ゆきえ》の為にも善き姉として一生尽《つく》して欲しい。場合によっては弟妹《ていまい》の為には犠牲《ぎせい》になる精神でいて貰いたい。父は切《せつ》に頼む。

光夫に。

お前はただ一人の男の子だ。父はお前の成長にいかに望《のぞ》みをかけ楽しんでいたか、今病で永遠に別れるのが残念でならぬ。父は折角栄誉《えいよ》ある帝国軍人でありながら、御国《おくに》の為の華々《はなばな》しい戦死でもなく戦功《せんこう》を一つ立てたでもなく病の為空《むな》しく逝《ゆ》くのを恥辱《ちじょく》に思い悲《ひ》痛《つう》の念に堪《た》えぬ。どうぞお前は壮健《そうけん》に育ち将来父の遺志を継いで軍人となり御国に御奉公を頼む。


雪江に。

お母さんや姉さんや兄さんの言うことを聞いておとなしくいい子にならなければいけません。


これが三人に与えられた父の悲しき最後の訓戒《くんかい》と望みの手紙だった。

五月一日、それは若葉かおる月の初めの快《こころよ》い呼名ではあるけれど、一枝の家に取っては思い出の恐ろしい父の命日なのである。

多摩墓地《たまぼち》の父の墓前《ぼぜん》に母子《おやこ》四人詣《もう》でるところ――末の雪江は尋常《じんじょう》二年生、これが学校から帰ると俄にお腹が痛いと言い出し熱《ねつ》を計《はか》ると少しあるので皆心配した。それでお母さんと尋常五年生の光夫が姉と妹の分まで代表してお墓詣りに行き、一枝は雪江を寝かせて看病《かんびょう》していたのだった。

夕方母も弟も帰ったが、雪江は相変らず気分がすぐれず御飯も食べたがらないので、近くの自働電話（公衆電話）でかかりつけのお医者さんを呼んだ。

そのお医者さんは元軍医だった人で、亡くなったお父さんのお友達で、お父さんの病気の時からのお医者さんなので、その人が軍籍《ぐんせき》を退き麴町のほうに開業してからも、佐伯一家はその先生に診《み》て戴くのだった。

お医者さんが来診して雪江を診察されたが、何か食傷《しょくあたり》したらしく、二三日寝ているようにと言われて、あとで手当《てあて》のお薬を取りに来るように言い残して処方箋《しょほうせん》を書いて行かれた。

夕食後一枝はその妹のお薬を取りに麴町のお医者さんのところへ出かけたのである。

その帰りだった――下《しも》六番町辺の大きな邸宅の庭の石垣下の仄暗い道を電車通りまで薬壜を大切に抱えて通る時――

「あっ、佐伯さん！」

と呼ぶ声がしたのは、その石垣の庭の木立《こだち》の蔭からだった。

はっとして見上げると、

「あら、ほんとうにロボットの君だわ、なんだってこんなところ今頃歩いていらっしゃるのかしら——」

と浮々《うきうき》した声で、いかにもからかうように下を行く一枝を見おろしたのは華やかに粧《よそお》うた陽子だった、そしてその人とならんで立つのは牧子、弓削さんだった。

そして——。

「それ差し上げますわ」

と陽子の笑い声と共に上からひらひらと投げかけられた絹レースの半巾《はんかち》——。一枝はその時何かふっと恥を感じた。

でも——行儀《ぎょうぎ》よくそれをつつましくひろって畳み、石垣の上に置くと足早《あしばや》に過ぎたのである——。

通り過ぎた後——気のせいか陽子と牧子が声を揃えて自分を嘲笑《ちょうしょう》するような——そんな笑い声を感じた。

そして寂しく彼女は四谷の自分の家に帰ったのである。

家ではお仏壇《ぶつだん》にお燈明《とうみよう》が上り、線香《せんこう》の匂いが漂《ただよ》い、お母さんと弟の光夫が肩を張って控《ひか》えていた。その近くに雪江の寝床が敷《し》いてある。

「御苦労様」

一枝がお薬壜を雪江の枕もとへ置くとお母さんはこう言われた。

「一枝もお父様を拝《おが》みなさいよ」

又お母さんはこう言うのである。一枝はお仏壇の前でお辞儀をしお線香を上げて、そこに飾られた父の軍服の写真を、捧《ささ》げてある（あやめ）の紫《むらさき》の花越しに仰《あお》いだ。

「今夜もいつものように、お父様の命日《めいにち》に必ず読んで忘れないようにする、あのお父様の御遺言書を出して読みましょう」

お母さんはお父さんの恩給《おんきゆう》の扶助料《ふじよりよう》の証書や勲章《くんしよう》と一緒に入っている用簞笥《ようだんす》を開いて、二つの封筒《ふうとう》を出した。一つはお母さん自身へ、も一つは三人の遺児《いじ》達へである。

お母さんはその子供達への封筒から巻紙を取り出して、はらりと開かれた。

「一枝に——お前は長女ですから責任が重い、父亡き後は母さんを助けて——」

と母さんはずんずん読んでゆかれる。一枝はじっとうなだれて聞いていた。その父の書き残した言葉を母が読みきかせるのを耳にしつつも、ついさっき麴町の通りで、あの石垣の上——牧子の我が名を呼びし姿を、笑い声を立てて半巾を投げた陽子の姿を、そしてじっと唇を嚙んでそれを畳んで置いた自分を——廻り燈籠《どうろう》のように思い浮べていた。

「——場合によっては弟妹のためには犠牲になる精神でいて貰いたい。父は切に頼む——」

お母さんが終りの文句を読みおろす言葉に、はっとして一枝は顔をあげた。その言葉は耳を貫《つらぬ》くように剣《つるぎ》で背を刺されるように痛く響《ひび》いたのである。

「それから、光夫のことですよ。いいですか、——お前はただ一人の男の子だ。父はお前の成長にいかに望みをかけ——」

そこで光夫はやや得意らしく肩を張ったようである。

「——どうぞお前は壮健に育ち将来父の遺志を継いで軍人となり御国に御奉公を頼む——」

こう読み行くお母さんの声はふるえを帯び涙さえ含んでいられた。

「それから今度は雪ちゃんの事ですよ、よくおききなさいよ」

母さんはお床の中でぱっちり眼を開けて、こっちを見ている可愛らしい末ッ子の雪江のほうを御覧になった。

「雪江に――お母さんや姉さんや兄さんの言うことを聞いておとなしくいい子にならなければいけません――」

雪江は円《まる》い眼を見張って聞いていたが、やがて不平そうに言った、

「私つまんないの、お母さんと姉さんとお兄ちゃんと三人もの言うことばかり聞かなくっちゃならないんだもの。私の言うこと聞くひと一人もいないから悲しいな」

「ホホホホホ」

一枝は笑って妹の寝床の傍に寄った。

「いいのよ。雪ちゃんの言うことは姉さんがなんでも聞いてあげるわ。そのかわり雪ちゃんも姉さんの言うこと聞くのよ。だからいいでしょう。ね」

と優しく妹のお合童《かっぱ》の頭を撫でた。

「うん」

と雪江は嬉しげにいつも優しい大好きなお姉ちゃんに甘えるような御返事をしてお満足だった。

「馬鹿だな、雪ちゃんは病気なんかして、今日お父さん怒っているぞ、天《てん》で――」と叱るように、おどかしたのは光夫だった。すると雪江はすぐわーッと泣き出した。

「光夫さん、妹なんかいじめるような男の子、帝国軍人になれないことよ」

一枝が弟をたしなめると、光夫はいばりくさって口答えした。

「姉さんの言うことを聞けなんて、お父さんの遺言には書いてないぞオ」

贈物《おくりもの》

「お母様」

牧子は母の枕許《まくらもと》へそっと坐った。それは日曜の朝だった。庭の楓《かえで》の葉がくっきりと初夏らしくお縁《えん》の硝子戸《がらすど》にうつっていた。

「何か御用？」

母が静かにこちらを見返るのを待って牧子は言った。

「私お買物したいんですの」

「そう、学校のもの、何、お靴《くつ》――」

母は病弱で寝ていても、娘の履《は》くものにまで気を配《くば》っていた。

「いいえ、お友達への贈物」

牧子が説明した。

「そう――」

母の喜久子は、牧子がお友達への贈物など言い出すのが珍しい出来事なので面白そうに眼を見張った。

「先日お招き受けて伺った相庭陽子さんのお誕生日のお祝い、皆様あの日持っていらっしたんでしょう。でも私俄に行くことになったので何も御用意しませんでしたの、ねえ母様――」

そう牧子に言われて母のほうが、はっと気づいた様にうす赤くなってしまった。

「そうそう、母さんがうっかりしていて、それはいけませんでしたね。ほんとに牧子さん困りはしなかった?」

とたいへん気にする母に牧子は首を振って見せて、

「いいえ、ちっとも、――あとでおよばれのお礼に何か差し上げればよろしいんですもの――」

牧子はそう言いながら、あの陽子の寝室で化粧鏡台の上に積まれたたくさんの贈物の包みを見た時、陽子が、

「貴女は何も下さらないの？」

とあでやかに笑ったあの美しい大人びた顔を思い出した、そして陽子が、

「でも、これから下さるなら喜んで戴くわ、そんなに貴女から何か一つ戴きたいのよ」

と言ったのも――そして、

「こんな外《ほか》の方から何戴いたってちっとも嬉しくはないわ――」

と言ったのも思い出したりすると、牧子は母の前で少し赤くなった。（相庭さんがそんなことおっしゃったの）などと、とても言う勇気は無かったのである。

「では今日早速お買物に出て何かいいものを選んでいらっしゃいね」

母に言われて、（え）と御返事した時、また思い出したのは、あの宵の陽子の言葉だった。

「ね、何か下さる、それもわざわざ買って下さるのいけないの。貴女の身につけて持っていらっしゃったもの戴きたいの、いいこと?」

甘ったるいあの言葉——牧子は胸が熱くなり、はずかしくなった。

「相庭さんのお嬢さんはなんでもお持ちだろうから、さあ何か差し上げるとなると、どういうものにしていいか困るのね、牧さん」

母にそう言われると、ほんとにそうだ、何にしていいか——。

「どう、牧さん、上等なフランスの香水にでもしたら」

そう何気《なにげ》なく母に言われて牧子は、はっとした。香水——あの宵のわすれなぐさの匂いが、そこはかとなく浮ぶ気持がしたのである。

「でも香水はたくさん持っていらっしゃるらしいの、御自分のお好きなの選んで——」

と牧子が言う。

「そうですね、匂いは好みがあるから——」

と母の喜久子が考え込んで、やっと思いついたらしく、

「ああ、では半巾《はんかち》はどう、ごく上等な舶来《はくらい》のを綺麗な箱に入れて差し上げたら

――」

と言う。

「半巾」

また悪いことに牧子は思い出してしまった。あの夜の仄暗い庭の木立で、自分の頬のあたりを匂いを込めた絹レースの半巾で優しくふいて、

「わすれなぐさの香水よ、お気に召して、この匂い――」

と囁いた陽子を……。そしてその半巾を下の路を通る佐伯さんに投げた。佐伯さんはそれをひろって丁寧に畳んで石垣の上に――その生真面目な模範生的型《タイプ》の姿を見た時、ふっと自分が妙に悪いところに来ているように心が責《せ》められて慌てて帰りかけたのだった。そしたら陽子が止めた、

「だって折角いらっしって下すったのに――」

と。そして牧子が、

「でもそれは父が申しましたから――」

と来た理由の真実を告げてしまったら――陽子がいきなりあの半巾をぴりりと引き裂いてしまった――あの様子をありありと。

それだのにいま半巾をお祝いに上げることが、どんなに皮肉《ひにく》なことになるか牧子にはわかっていた。それだのになんにも知らぬ母は、香水の半巾のと陽子へのふさわしい贈物をせっせと考えてくれるのである。

「ええ、私何か選びますわ、相庭さんには――それからもう一つ私お友達に差し上げたいものがあるの、母様。それは佐伯さんて方に私此間感冒《かぜ》で少しお休みした間のノートを拝借したのですの。その方のお礼に何か差し上げてはいけないこと？」

「ええいいこと、よく気がつきました。その方はどんな方？」

喜久子は娘の学校生活のことや、その級《クラス》のお友達のことはなんでも委《くわ》しく聞きたいのだ。

「とてもとても真面目な方よ、母様、あんまり脇目もふらず御勉強なのでロボットってニックネームがついたくらい――」

「ホホホホ、ロボットですって、口の悪い方がいるものね。じゃ牧さん貴女にも何かあだながついていて？」

母はそんなことまで気になるらしい……。

「いいえ、別に――私知らないけれど蔭じゃどうだか、でもどうでもいいの」

牧子は笑った。

「ではお買物に行っていらっしゃい。なんなら亙さんも連れて行くと大喜《おおよろこ》びですよ」

「ええ、そうしますわ」

「三越《みつこし》なら家へ廻してお貰いなさい。外《ほか》のお店だったら――」

と母はわざわざ起き上って、牧子の買物の費用《ひよう》を出すのを後に、ともかく弟の亙に早く知らせようと彼女は出て行った。

父《ちち》とその子達《こたち》

「姉さん、ほんとう！」

亙は牧子と二人で銀座《ぎんざ》のほうへ買物に行けるというので大喜びでもう帽子を持って、ぱたぱたと廊下を走り出した。

「亙さん、お父様に行って参ります申し上げて来ましょうよ」

牧子は弟を連れて父の書斎に入って行った。

「お客様よ、お姉さま、あの小川《おがわ》さんだ」

瓦が父の室《へや》の扉《ドア》の前で姉に言うのである。

「そう――」

父に馴染《なじ》まない牧子は、母の部屋へ打ち解けた気持で入る時とはまるで違って、少し身をかたくして入った。

それはいかにも科学者の書斎らしかった。冷たい栗色の樫《オーク》の大きな卓子《テーブル》の上に独逸《ドイツ》語らしい何か父の読む専門の書物が積《つ》まれ、その前の廻転《かいてん》椅子に父は腰かけ何か談笑《だんしょう》している。その前にしゃっちょこ張ってかしこまりお話をうけたまわっているのは、色の黒い四角な顔に強度の近眼鏡《きんがんきょう》をかけた背のきわめて低い青年だった。

「お父様」

瓦が快活に呼びかけると、父もその来客の青年もこちらを振り向いた。

「僕ね、お姉様と銀座へ行って来ます」

瓦が代表して父に告げたので牧子は黙ってお辞儀だけした。

「銀座へなぞ何故出かけるのかね。活動か、いかんぞ、姉弟《きょうだい》二人だけで行っては

──」

父の顔はきびしく苦《にが》かった。

「いいえ、お姉様のお買物のお供《とも》をするんです──それから僕もちょっぴり買物して戴くんです」

と亙はお供をするなどと、一かど、ませたことを言うので、牧子は微笑んでしまった。

「買物の為に、亙、お前までくっついて行くことはないだろう。それよりお父さんが今日いいところへ連れて行くがどうだ。小川君も行くよ」

と父は客の青年のほうを見た。小川君と呼ばれた背の低い青年は椅子を立ち上って、

「坊ちゃん、今日村山貯水池《むらやまちょすいち》のほうへピクニックに参りましょう」

亙のほうへ進んで来た。

「ありがとう、でももう僕さっきお姉様と銀座行きを約束済なんだもの──」

亙は首を振って断った。

「ハッハハハ、約束済は振《ふる》っていますな、しかしお姉様も御一緒にいらっしゃれば、

それで万事解決《ばんじかいけつ》しますよ」

小川さんはそう言って牧子のほうを見た。

「でも私お買物にどうしても行かなければいけませんの。今日は失礼させて戴きます」

牧子はさっさと断った。

「どうしてですかア、買物はいつだって出来るではないですかア。埃《ほこり》っぽい銀座より郊外の新緑《しんりょく》は又格別《かくべつ》で、健康の為に非常にいいですがなア」

小川さんはしつっこく言って勧誘《かんゆう》するのである。

「牧子はそんなに買物が必要なら一人で行くがいい。何も亙までお供に引っ張り出すことはあるまい」

父の博士は不機嫌そうだった。

「だって僕お姉さまと一緒に行きたいんですウ」

亙が声を励《はげ》ましたが駄目だった。

「亙はお父さんと郊外へ行きなさい」

これが父の命令である。父の命令は家庭に取って最高の力だった。その命《めい》に反逆した時、どんな不快な空気が家中に捲《ま》き起《おこ》されるか、幼い弟も、そしてその姉の牧子もよく度々《たびたび》の経験で知っていた。

我《われ》ら何《なに》をなすべきか

お母様があの時どんな寂しい表情をなすったか、牧子は思い浮べるとたまらなかった。

「瓦さんはお父様と郊外へ行くのですわ」

それを告げに母の部屋へ行った時、

「まあ、お父様もお出かけなら、いっそみんなで銀座までいらっして下すって、牧さんのお買物を手伝って、それからにして下さるといいのに――」

それが無理な叶わぬ望みと知りつつも母様はそうおっしゃった――。

「母さんがこんなにして寝ていなければ、牧さんといっしょに出かけてあげられるのに――」

それも現在叶わないとわかりつつ、やはり母様は佗《わび》しそうにおっしゃった。

――私お父様の前には価値《かち》のない娘なのかしら――ともすれば牧子はこうした疑《うたが》いが強く頭を持ち上げるのである。

「僕お姉様と一緒でないとつまらないなあ」

互が父の愛情をあんなに独占していながら、その愛情を利用して姉をしのぐような暴君《タイラント》ではなく、むしろいつも姉とその為へだてられるのを歎《なげ》くように悲しむ気持が、かえって牧子を痛々《いたいた》しがらせた。

そんな思いに囚《とら》われつつ牧子は銀座へ電車で出て行った。

陽子さんへの贈物、一枝さんへの贈物、そのことで今度は頭を悩《なや》まさなければならない、――ああ、買物って本当に辛《つら》いもんだ。少くも私にはそうした才能はないのだわ――牧子はしみじみ心でつぶやいて徒《いたず》らに疲れてしまった。

でも何時間かの後、やっと牧子は二つの買物をした。

その一つは銀製のキャンデー入れだった、銀で小さく可愛い花籠《はなかご》の形をしたもの、び、い、い、びろうどのサックに入っている。お母様のお渡しになった金額の過半《かはん》はそれに支払《しはら》わされた。奢《おご》れる生活にある女王のようなあの人に、辛《かろ》うじてふさわしいささやかな贈物になるかも知れない。

牧子はそれを見つけた時、それに決めようとして、初めてほっとしたのである。そして、あとは一枝さんの為、あの方にふさわしいもの――牧子はそれを丸善《まるぜん》の店内でみつけたインクスタンドにした。藍色《あいいろ》の陶器《とうき》で小さい壺型《つぼがた》――お机の上に置いて飾り物にもなるし、私ならこんなもの戴けばきっと嬉しいから――それでもお母様から戴いた分の残りに自分のお小づかいを少し足したくらいだった。何故なら陽子へのキャンデー入れが大変にそれを取っていたから――。

それから牧子は二つの買物をすまして何か義務《ぎむ》から解放されたような軽い気分で丸善の階上の洋書の棚の間を歩き廻った。今にたくさん英語を習ってしっかり読書力を備《そな》えて、此処へ御本を買いに来よう、そんな未来への空想をすると、楽しい昂奮をさえ彼女は覚えるのだった。

そしてぶらぶら歩いていると、洋服の型《かた》の雑誌の前に眼を光らせて、あれかこれかと見入っている同じ年齢頃《としごろ》の少女達を見た。

――女性が服の型の本だけ見るんじゃ知識は進まないわ――牧子はこんな意見を独《ひと》りで胸でつぶやいた。そして歩きながら棚の英語の部の書棚の背の金文字だけでもせめて一冊でも二冊でも読めるのがうれしいようで眺めていた、そして牧子はそのうちの一冊の背の文字を読むことが出来た。

What should we do

（我ら何をなすべきか——と訳すのかも知れない、きっと——）

そうわかると嬉しかった。我ら何をなすべきか——何度も口の中で囁いた。きっと私達人間が何をしなければならないかと論じてある御本なのだ。もし語学が出来るなら買って行ってすぐにも読んで見たい——でも学校の今のリーダーの力では、それは勿論不可能なのだし——ああ早くもっと大きくなって勉強して——牧子は表題だけ読めて内容を知ることの出来ないその鳶《とびいろ》色のクロース表紙の英語の御本に悲しい別れをして丸善の店を出た。

でも心の中で又繰《く》り返《かえ》した、（我ら何をなすべきか？）——ほんとに私達は人間として生れて、何をしなければいけないのだろう、早くそれが知りたい、人間は、牧子は——早くそれを知ってその為に働きたい——彼女はまるで大人の女哲学者のように考え込んでお家へ帰った。もう道は黄昏《たそが》れかけていた。

家には前後して弟の亙と父達の一行も帰宅した。小川さんも一緒に帰ったので、皆で夕食に向った。折角の日曜で来客もあるので、お母さんも起き出でて食卓に向われた。

「亙さん、面白かった？　今日のお散歩《さんぽ》、村山貯水池っていいところ？」

牧子が亙に尋《たず》ねると、

「ううん」

とすこぶるあいまいな不得要領《ふとくようりょう》の御返事をして亙は父と小川さんの手前を憚《はばか》って、暗《あん》にそんなに面白くなかったと云う意思表示《いしひょうじ》をするのだった。

「牧さん、でもよく一人で上手なお買物をして来られたのねえ」

母は娘が寂しく一人ぼっちで銀座をさまよって買物して来たのを慰《なぐさ》めたり賞《ほ》めてやりたかったのである。

「私今日いい御本みつけたの、母様。でも英語でしょう。まだ牧子読めないんだし、ほんとにつまらなかった。でも題だけはわかりましたわ。What should we do！――我ら何をなすべきかでしょうね、どんな事が書いてあるんでしょう、早く読めるようになりたい」

牧子はあの御本の題のことを考えているのを早く母に告げたかったのである。

「それは多分《たぶん》トルストイが人間の義務について書いた論文ではないかしら——」

　お母さんはなかなか物識《ものし》りだった。

「そう、母さん偉《えら》いのねえ。じゃあそれ、いったいどんなこと書いてあるの？」

と牧子が眼を輝かすと、母は微笑んで、

「それはわかりませんね、ただそういう御本があるようにいつか何かの雑誌に紹介してあったと思うの。早く牧さんが読んで母さんに話して聞かせてくれるように勉強して頂戴」

「あら、私母さんの分まで読まなければならないのね、大変だわ。でも本当にいったい人間は生れて何をしなければならないのかしら？」

　牧子の知識慾《ちしきよく》はその瞳《ひとみ》と共に輝いて燃えた。そのとき父の声がした。

「牧子、そんな本を読まないでも、わかっているよ。人間は何をなすべきか。その人の義務はだ、男は頭をよくして学問で科学であらゆることで研究をして業《ぎよう》をなし人類社会に貢献《こうけん》しなければならないのだ、そして女は結婚して家庭をおさめ子を養《よう》育《いく》する天職が義務だ。ただそれだけの話だよ、わかったか」

　その父の声は冷たく残酷《ざんこく》にさえ牧子の耳に響いた。夢の多いこの少女に、その単純な父の言葉はあまりに痛々しく、酷《むご》く、情《なさけ》ない宣告《せんこく》のようなものだった。

「お嬢さん、つまり女学校ではその義務について女の子達を教育しているのですよ」

そう言ったのは小川さんだった。

牧子はそんな差出口《さしでぐち》を利く小川さんがうとましかった。日頃漠然《ばくぜん》とこの人にあまり好意を持てなかった牧子は、この日以来、父にへつらい合槌《あいづち》を打ち父の説になんでも同感していて、少しも若々しい新時代の青年らしい新鮮さのない人として、小川さんをいやな人の一人に数えるようになってしまったのだ。

牧子は食事をすますと、いそいで自分の部屋に閉じこもってしまった。

（我ら何をなすべきか？）それは真実《しんじつ》父の言ったようなつまらないことなのだろうか？

牧子はじっと考えた。

――いいえ、ちがう、きっと外《ほか》にいろいろのことがあるのよ、女性のためにも何をなすべきか、たくさん、まだ心の踊るように生々《いきいき》したことが書いてあるのにちがいない――。

牧子はどうしても、そう考えずにはいられなかった。

贈物《おくりもの》 取替《とりかえ》

「あら私これ戴くの?」

校庭の北側の隅《すみ》に高く押し拡がって、その茂《しげ》った枝の下が陽《ひ》をさえぎられ、じめじめするほど大きなヒマラヤ杉の蔭で、牧子が陽子に、いつか苦心《くしん》して日曜の半日を費《つい》やして選んだ、彼女の要求したお誕生のお祝いを遅《おく》ればせに贈ろうと差し出した時、陽子はこう仰山な声をあげたのだった。

牧子は手に二つの小さい包みを持っていた。二つとも同じように包まれ赤いリボンで結ばれてある。その一つは陽子へ、もう一つは一枝への贈物なのである。

「なんなの——拝見《はいけん》」

と陽子は我が手に受け取った包みのリボンを解《と》いて開くと、緑色のびろうどのサックに入っている銀の小さい花籠型のキャンデー入れが出た。

「あら……」

陽子はそれを見た刹那《せつな》嬉しいという表情よりも少し失望《しつぼう》したような顔をした。

「新しくお買いになったものより、貴女の何か身におつけになったものって、あんなにお願いしておいたのに。いやな牧子さん、貴女冷淡よ」

陽子はむしろ怨んでいる口調なのだ。

「でも、そんなもので別に差し上げる品がなかったので……」

牧子は弱ってしまった。

そのとき陽子は牧子の持っている、も一つの包みに眼をやった。

「ひどい方！　私へと同じもの外《ほか》の方へもおあげになるのね、覚えてらっしゃい！」

陽子はすっかり御機嫌を損《そん》じてつんつんしてしまった。

「いいえ、これインクスタンドですの！」

牧子は正直《しょうじき》に言った。

「まあ、素敵《すてき》、キャンデー入れお机の上にいつものせて置くほど私食《く》い辛抱《しんぼう》でもございませんのよ。でもインクスタンドならお机の上にいつでものせて置いて、下《くだ》すった方を思い出せるんですもの——私にそのほう下さらない、後生《ごしょう》よ、一生のお願い」

と仰山なことを言い出す陽子だった。

牧子は要するにどちらをあげてもいいのだけれど、装飾《そうしょく》的な銀のキャンデー入れはブルジョア娘の陽子にふさわしく、実用的なインクスタンドは勉強家の一枝に相当する贈物だと考えて折角求めた物だったから、今勝手に陽子に一枝のほうへ贈るもののほうがいいと、まことに我儘千万《せんばん》なことを言い出されて、牧子はこの女王振《じょおうぶ》った陽子に恐れをなした。

「私のお願い聞いて下さらない？」

陽子は小首をかたむけて、この人一流のコケットな風をして見せた。

牧子は黙りこくってしまった。

「牧子さん、私人にものを戴くのに、こんな押しつけがましい失礼なことを申し上げて礼儀を知らないとお思いになるでしょう。でもいつでも私貴女に向《むか》うとこんな非常識《ひじょうしき》になってしまうのよ。でもそれどうしてだかおわかりになる？」

陽子の言葉の前に牧子はあっさり答えた。

「私わかりません」

まことに愛嬌《あいきょう》のない御返事だった。

「それはね、ただ貴女が大好きだからなのよ、私好きな方には非常識に振舞うことにきめたんですもの」

そうきめられては牧子こそ、いい迷惑《めいわく》である、牧子は赤くなってしまって度《ど》を失《うしな》った。

「ですから、そのインクスタンドのほう頂戴。いいでしょう」

陽子はいつものように高圧的だった。

「誰方かに是非それおあげになりたいの」

そう聞かれても牧子は黙っていた。

「だって、いいじゃありませんか、その方に代わりにこのキャンデー入れおあげになれば――」

陽子は一人ぎめで、さっさとそのインクスタンドのほうの包みを自分の手に引き取るようにして、代わりにキャンデー入れをサックに納《おさ》めてリボンを結びなおして渡した。

牧子は強く逆《さか》らう力がなかった。好きな方には非常識に振舞うことに決めたのよと宣言してしまった陽子にはかなわなかった。

陽子はこうして牧子から勝手に選んで取り上げた包みを嬉しそうに胸に抱き締《だし》めて見せて、

「どうもありがとう、今日からすぐお机の上に大切に置きますわ、私の持物でこれが一番いいものになるのよ」

と言って、呆然《ぼうぜん》としている牧子の耳許《みみもと》に微笑《びしよう》しつつ、

「私が無理に戴いたこのインクスタンドはいったい誰方がお貰いになる筈でしたの、級《クラス》の方――聞かせて。私知りたいわ。だってその方憎《にく》らしいんですもの――」

牧子は呆れたように答えもせず陽子を見向きもしなかった。それに少しお冠《かんむり》を曲《ま》げたのか陽子はつんとして、

「でも、いい気味。私にインクスタンドを取り上げられて、その方、貴方からキャンデー入れを貰うことになったんですもの――」

と言いすてると、逃げるようにヒマラヤ杉の木下《こした》から牧子を一人ぼっちにして身をひる返してあちらに立ち去った陽子は、何事も無かった風をして女王を取り巻く軟派連の仲間に入ってしまった。

牧子はキャンデー入れの包みのリボンを丁寧になおして、その次の時間、教室の中で一枝の机の上へ置いた。包紙の上には（ノートの御礼《おれい》　牧子）と書いて置いた。陽子の場合のように、じかに手渡ししなかったのは牧子が少しきまりが悪かったからだった、というのは折角その人にふさわしいと選んだ品を意気地《いくじ》なく陽子に取り上げられて、その結果一枝に不似合《ふにあい》なキャンデー入れなどを知らん顔して贈るのが、いかにもまごころのこもらない不深切《ふしんせつ》らしく気が引けたからである。

一枝は牧子より少し前のほうに教室の席があったから、牧子は一枝が自分からの贈物を認めて、はっとしたように机の中に入れたのを、後《うしろ》から眺めていた、そして相庭さんに圧倒《あっとう》されずに、やっぱりインクスタンドを差し上げればよかったと後悔《こうかい》した。

その時間が終ったら牧子の傍へ一枝が来て丁寧にお辞儀をして、少しうす赤くなりやや口ごもりつつ、

「ありがとうございます。お礼なぞいらないのですから、ノートがお役に立っただけで嬉しいのですから……」

と言って、包みをそのまま返した。赤いリボンの結び目もそのまま、解いてもな

かった。すっかりかたくなって、一大事《いちだいじ》のようにそういう一枝の態度は、思うにこの一時間ロボットと言われるほどの勉強家が先生のおっしゃることも耳に入らぬほど考えぬいて、それだけの辞退《じたい》の言葉を組み立てて返しに来たらしかった。

「いいえ、お礼というのじゃなくて、あれ感謝のしるしなんですもの、どうぞ取って頂戴」

牧子はその包みを押して返した。陽子が勝手に贈物を取り替えて取り上げるに反して、これは又受け取らせるに努力しなければならなかった。

「でも――」

一枝はやはり受け取ろうとはしなかった。押問答をしても、はてしが無いと思った牧子は少しきつく言った。

「折角差し上げたもの、お返しになれば私感情を害してよ!」

それは勿論牧子は軽くおどけて巧《たく》みに言ったつもりだった。

けれども一枝はその言葉を非常にきつく聞いてしまったのだった。さっと顔色《かおいろ》を変えた。

「すみません、ごめんなさい、頂戴しますわ」

慌ててこう言って包みを持って自分の机へ戻り大切そうに中に入れた。

一枝《かずえ》の思《おも》い

一枝はその日の放課後家《うち》へ帰るまで気が落ち着かなかった。

「只今――」

と我が家の入口の古びた格子戸《こうしど》を開けると妹の雪江が飛んで出て、

「姉さん、お帰んなさい」

と早くも姉にまつわった。

「母さんは？」

と問うと、雪江は不平そうに頰をふくらまして、

「母さんお留守《るす》よ、ひどいのよ、兄さんの飛行機《ひこうき》買いに出かけてしまって、雪ちゃん一人おいてけぼりで、さみしかったわ」

と姉に告げる――。

「まあ、可哀想にひとりでお留守番させられていたの。いいわ、姉さん早く帰ったから――」

と一枝は妹に同情してその頭を優しく撫でた。

「光夫さん、飛行機って玩具《おもちゃ》のでしょう、もう大きなくせにおかしいわ」

一枝がいぶかしがると、雪江はううんと首を振って、

「ちがうの、玩具よりぐっといいの、まるで本当のように飛ぶんですって。そしてね、材料を買って兄さんが上手に組み立てて飛ばすのよ。このくらいなんですって――」

と雪江は自分の両手をせいいっぱい一尺《しゃく》五寸《すん》ほど押しひろげて見せた。

「学校のお友達が皆持ってて、今度飛ばして競争するのよ、材料少し高いんですって、いろいろあるから母さんも行って見ていいの買うってついて行ったのよ」

「そう」

「母さん嫌い、兄さんのことばかり可愛がるんだもの。兄さんのほしい物なら、たいてい買って上げるんですもの。雪ちゃんなんかお人形あんなんで我慢《がまん》しているのよ。お父さんがいらっしゃらないから倹約《けんやく》倹約って言って雪ちゃんつまンないな

――」

雪江は日頃の不平不満をこの時ばかりに姉に語った。

「そうね、でもいいわ、いまに姉さんが学校出て働《はたら》いて、月給戴けたら雪ちゃんに真先《まっさき》になんでも買ってあげるわよ、ね、いいでしょう」

と一枝は妹に笑って、しかし本気で自分の未来の夢のひとはしを告げてやった。

「うん――ね、そしたら松屋《まつや》だの三越だのへ行ってお買物して、食堂へ入りましょうね。その時は雪ちゃん、ホットケーキとみつ豆食べてもいい?」

と雪江は真剣《しんけん》な調子で可愛くたずねて、姉の顔を覗き込んだ。

「ホホホホ、いやな雪ちゃんね、今から、そのとき食堂で食べるもの決めておくなんて、ホホホホホ」

一枝は笑いながらも、何かきゅっと胸のせまる思いがした。それはこの春休みに一枝が妹を連れてささやかな実用品の買物をしたついでに、面白がって大きな百貨店の中を歩きたがる雪江の為に丁度《ちょうど》お昼時だったので食堂に入って、自分の僅《わず》かなお小づかいで雪江に御馳走《ごちそう》したのである。

「なんでも雪ちゃんの好きなものを」

と姉に言われた時、雪江は昂奮して食堂入口の陳列棚の前にむらがる人達の間からちょこちょこと首をさし入れて、あれかこれかと一生の一大事のように、眼をくるくるさせて一つ一つを睨んだが、結局目移《めうつ》りしてどれがいいやら、皆一度に食べてしまいたい気もするし、雪江はわからなくなって泣き声をあげて、

「姉さん、あんまりたくさんあるんだもの、雪ちゃんわからないわ」

とさんざん待たせてから姉に言うのだった。

「ホホホホホ、じゃあおすしでいい」

「うん」

そこで姉妹《ふたり》はおすしを頼んだが、その後同じ卓子《テーブル》のまわりにいた雪江と同じ年齢頃の子がホットケーキとみつ豆を、さもおいしそうに食べているのを発見すると、雪江はひどく後悔したような表情で、

「姉さん、雪ちゃんあれにすれば、よかったわ」

と言った。一枝は妹の無邪気さに、きまり悪がって、小さい声で、

「いいのよ、この次来たとき姉さんがあれ御馳走してあげるわ」

と言ったのを、雪江はちゃんと忘れず今それを言い出すのである。たかが知れた

百貨店の安くておいしくもないものを行って食べるのを、こよなき楽しみにかぞえて忘れぬ幼い妹の心根《こころね》が、いじらしく可哀想になったのである。

父のない家で扶助料をおもな収入として暮す家庭で、母は未亡人ゆえ、つつましく生活するのは当り前であるけれど、母は父の遺言を後生大事と守って、一人の男の子の光夫を立派な軍人にし父のあとを継がせるということにのみ目的を置き過ぎるあまり、父の亡き後《のち》はまるで光夫が一家の主人の如く母はこれを大切にし、弟の光夫の望みは無理をしても叶えてやり、まるで母は男の子に服従《ふくじゅう》しているようで、一枝や雪江の女の子は自然粗末《そまつ》にされると云うほどでもないが、その次になってしまうのだった。一枝は父の遺言を母が必死となって守る気持は仕方がないと諦《あきら》めているが、頑是《がんぜ》ない妹の雪江はいつも不平で不足で、甘えたくてならない年齢頃だけに不満をうったえるのを哀《あわ》れに思って、一枝は母に代って妹をかばったり甘えさせたり可愛がってやるのだった。

「雪ちゃん、お姉さんが遊んであげるからいらっしゃい」

と一枝は妹を連れて自分の机の傍へ来た、そして今日学校で牧子からもらった包みを取り出した。

「あら、綺麗ねえ、赤いリボンで結んであるわ、これは何、姉さん」

雪江はすぐ眼につけて問うた。

「これね、きょう学校でお友達から姉さんが戴いたのよ。なんでしょう、開けて見ましょうね」

と一枝が包みのリボンを解くと、

「そのリボン頂戴ね、ね」

と早速雪江がおねだりした。

「ええ、あげるわ、大事にしまっておくのよ」

リボンを妹に渡して包みを開くと、中に緑色のサックが現れた。

「あら、立派ねえ」

と雪江は丸い眼を見張って息を詰らせ姉を見上げた。一枝も驚いた。単にノートを貸してあげたに過ぎないのに、こんな立派なものを。いったい中味はなんであろう、時計？　宝石？　まさか――。

一寸《ちよつと》胸のどきどきする思いでサックを開くと中には、銀色《しろがねいろ》に輝く花籠型の銀器が現れた。

「あらっ！」

雪江はいきなり立ち上って吃驚したように恐る恐る覗き込んで、驚きの声音《こわね》をあげた。

「まあ！」

一枝は吃驚した。ノートを貸したお礼にこんな品を貰うのは思いがけないことであり、又ふさわしからぬことだと思ったからである。

「なあに？　姉さん、これみんな銀？　百円もするわね！」

雪江はいかにももったいなさそうに、恐る恐るその銀の器に小さい両手を載せてみた。金や銀は皆高くて百円というお金がとても又大変なものだと子供心に思っている雪江はこう言って、つくづく驚嘆《きょうたん》したのだった。それは七円ほどの銀器だった。

一枝は妹とちがって、ただ心配なような、困った気がした。

何故こんな立派なものを下さるのかしら、弓削さんは――、彼女は意外《いがい》だったのである。

その意外な贈物をした牧子の気持を理解しようとすると、一枝はわからなかった、そしてただ或《あ》る一つの考えに、はたと行き当《あた》ったとき一枝は思わずさっと顔を赤くしたのだった。

それは——あの方私を好きなのかしら？　この一つの考えより外《ほか》、この立派な贈物の謎《なぞ》を解決する鍵《かぎ》はないような気がした。

ノートを借りたお礼にことよせて、それを機会《きかい》にこんな立派なものを下すったのかしら——そう考えるのは思い過ぎかも知れない——一枝は今初めてそんな思いに囚われてしまった。

「いいわねえ、綺麗だわねえ——」

としきりに眺めていた雪枝は姉が或る考えにふけっているのも知らず——

「こんないいものを下さる学校のお友達、お金持のお嬢さんね。姉さんは偉いひとね、こんなものいただけるんですもの」

「ホホホホ、姉さん偉いんじゃないのよ、ただノートを貸してあげたのよ、その方が学校御病気でお休みになっていらっしした間の——そのお礼に下すったの」

「そう、ノートって筆記帳でしょう、そんなら雪ちゃんもそのひとに筆記帳貸してあげてもいいわ」

「雪ちゃんいやね、慾ばって、尋常二年生のノートなんて、女学校の人はいらないのよ」

　しかし雪江は夢中でその銀の器を珍しそうに撫でたりさすったりして、

「これ何入れるの？　花いけ？」

「水がもるわ、この間から——きっとチョコレートのような綺麗なお菓子盛《も》って卓子《テーブル》に飾って置くものよ」

「そう、キャラメルじゃ駄目《だめ》？」

　雪江が聞いた。キャラメルなら今でも入れて見たいのである。

「キャラメルじゃ似合わないわ。これ貴族的《きぞくてき》なんですもの、私の家《うち》にへいへんだわね」

「じゃあ、姉さんチョコレート買って入れてね」

「ええ明日ね」

「そして、雪ちゃんのお机の上にも時々貸してね」

「ホホホホ、ずるいわねえ、でも今一寸《ちょっと》なら貸してあげてもいいわ」

と妹の小さいお机の上へ置いてやった。

　その翌日、学校の廊下でぱったりと一枝は牧子に出会った。牧子が何気なく会釈すると何故か一枝は、ぱっとうす赤く頰を染《そ》めて逃げるように足早に立ち去った。

陽子の我儘から自分に牧子が贈る筈のインクスタンドが取り替えられた結果、あの立派なキャンデー入れが一枝のほうの贈物になったとは、神ならぬ身の知る由《よし》もない一枝は、牧子の心をはかりかねて、とつおいつ――はては牧子に顔を会わせても面《おも》はゆく胸のとどろく子となったのである――一本調子の清純な生真面目で何事にも真剣になる一枝は、そういう微妙《びみょう》な友情問題にもすぐ真剣になって悩んだり、いちずに考える性質なのだった。

して見れば、かかる子を単に脇眼も振らぬ勉強家でおとなしい故に血の通わぬ「ロボット」などと、あだ名するのは、思えば心無き業《わざ》であるものを――。

「ロボット」と言われる人こそ、その表面の裏には、内にこもる人一倍の血も熱も思いも深いのであった。

夏《なつ》の計画《プラン》

一学期の試験が半ば終りかける頃、夏休みは眼の前に来ていた。

牧子も陽子も一枝もその学校生活では、べつだん取り立てて、今までの間柄以上何程《なにほど》の進展《しんてん》も変化もなかった。要するに牧子は個人主義者らしく、陽子は軟派の女王で、一枝はロボットさんだった——。

そして一学期は流れゆき——三人は約五十日余まるきり別れていることになるのである。

——でも、さすがに陽子である。彼女は早くも夏休みの計画をたてていた。

「牧子さん、夏軽井沢《かるいざわ》へいらっしゃらない。私のうちの山荘へ。静かなところよ。御存じ、朝吹《あさぶき》さんのご別荘のその少し奥ですわ。私ね、この夏は貴女をお客様にお招きして遊ぼうとプランを立てたのよ。どう、一週間ぐらい——」

と学校で申し込んだ。

「え、ありがとう——父や母に聞いて見ますわ」

と牧子は答えたが、むろん行く気はなかった。

その翌日牧子は陽子に返事をした。

「あの軽井沢の御招待は折角ですがお断りいたすように母が申しましたから、だって浅間山《あさまやま》が此頃よく爆発するからあぶないって申しますの、ホホホホホ」

牧子はその口実《こうじつ》がおかしいので自分で笑った。

「あら、素敵じゃありませんか。火の山の赤い熔岩《ラバ》に打たれて埋《うず》もれてしまって軽井沢がポンペイの廃墟《はいきょ》のようになればろまんちっくだと私いつでも思うのよ。でも貴女はおいや？　私と一緒に熔岩に打たれるの、ホホホホ」

陽子は妖艶《ようえん》――といっていい笑い方をして、ちょっとながしめに牧子を見た。

牧子は例のくせで沈黙戦術《ちんもくせんじゅつ》で答えなかった。

「では牧子さんはどちらへか御避暑《ごひしょ》？」

と問い出した。

「え、いつも鎌倉《かまくら》へ行くのですけれど、母の病気が此頃思わしくございませんので、今年は参りませんの。でも母は一寸《ちょっと》でもどこかへせっかくのお休みだから行くように申しますから、学校の水泳部に入るつもりですの」

その通り牧子のお家は毎年鎌倉に小さい家を借りて一夏《ひとなつ》そこへ行くのだったが、今年は父の博士が研究所の事業で忙《いそが》しく、その上、母の喜久子がひどく弱って海辺《うみべ》へ移って不自由がちに狭《せま》い家に起伏《おきふし》するより、本郷の静かな家で静養《せいよう》するほうがむしろまさっているというので、鎌倉行きは中止なのだったが、それでは子供があまり可哀想だというので、牧子は幸《さいわ》い学校で毎年行う水泳部に加わって行くことにし、弟の亙はあの小川青年に連れられて房州《ぼうしゅう》の海岸へ一寸行くことになったのである。

「あら、学校の水泳のあの組に参加なさるの？　そう――」

陽子は呆れたようにして一寸考えたが、

「では私も入りますわ、貴女第何班にお入りになるの？」

とたずねた。水泳の組は第一班、第二班、第三班と別れて、七月の下旬から八月の下旬まで三つに分けて、交代するのだった。

「私お休みになってすぐ行くより、暫く東京でゆっくりして出かけるつもりで三班の組に入りましたの」

牧子が言うと、

「そう、じゃあ私もその組に入りますわ、いいわ、軽井沢から帰って又行きますわ」

陽子はいそいそと、すぐそう決めてしまった。

陽子が水泳の組に入って今年は行くというのは珍しい出来事で、早くも級《クラス》では評判になった。何故彼女がそんな組に入る必要があるのか、その理由はわからなかったけれど、それだけに不思議がられた。陽子一派の軟派連はいずれも所謂《いわゆる》うちの別荘が大自慢で、国府津《こうづ》とか葉山《はやま》とか、鎌倉とか少し下って北条《ほうじょう》とか、うちの別荘に避暑する子は、なんで学校の水泳組に入り、うす汚き宿所に泊り貧弱《ひんじゃく》なる海辺で泳ぐ必要があろうぞという意気込《いきごみ》なのだった。それが、孔雀《くじゃく》の如き陽子が不意に今年は学校の水泳部に入って行くというので忽《たちま》ち、それに感染《かんせん》して入る人がふえて、もう一班ふやさねばならないなどという噂《うわさ》の立つ程だった。

「でも相庭さん、泳げて？　いつも軽井沢でしょう、あすこ山でしょう、だから泳ぎのほうは？」

などと、女王に忠義《ちゅうぎ》立てて心配などすると、忽ちやられた。

「はばかりながら、私軽井沢のプールで、クロールぐらいあざやかに、やってのけてよ——今年は海でスカール（左右両側のオールをこぐ軽漕艇）の練習を始めようと思うのよ」

といまにもスカールをかついで出かけるほどの勢《いきお》い当るべからずである。

この騒ぎの中に、一枝はどうかというと、元より未亡人の母の節約第一主義で、避暑などとは、もっての外《ほか》、但《ただ》し、弟の光夫だけは大事な将来の軍人として父のあとを継がせるのだから、健康が大事とあって、光夫の小学校で催《もよお》す林間《りんかん》小学校に入り二週間ほど信濃《しなの》の高原《こうげん》に行くことになっていたが――女の子の一枝と雪江は暑い東京にあって夏休みを送るより仕方ない状態だったので――。

水泳宿舎《すいえいしゆくしや》

逗子《ずし》からバスに乗って松林《まつばやし》や漁村《ぎよそん》の路をゆられて海添《うみぞ》いを行くこと二十分ばかり、きわめて波の静かな青い油を湛《たた》えた入江《いりえ》の浜に着く、そこは或る土地建物会社の手で近年開かれた海水浴場で、会社が建てた幾《いく》つかの貸別荘があるのと、旅館とお料理屋を兼ねた海浜倶楽部《かいひんくらぶ》という大きな建物があるだけで、外にはものを売る小店一つないほど寂しい海辺の一隅だった。

そこの一つの貸別荘がその年の夏或る女学校の水泳宿舎に当てられたお蔭で、その海水浴場開闢《かいびやく》以来の華やかな賑わいを呈《てい》したのである。

八月中旬の終りに第三班の水泳の生徒が到着した、その中には牧子と、昨日わざわざこの班に参加する為に軽井沢から帰京《ききょう》した陽子が入っている。

「まあ、なんて貧弱なことでしょう！」

これは陽子が、その宿舎の門を一歩くぐった時、発《はっ》した甲高《かんだか》な第一声だった。彼女は（各自の携帯品《けいたいひん》は簡素《かんそ》軽便《けいべん》たる事）という学校からのお達しを無視して大きな衣裳鞄《スーツケース》一つと別に赤革張《あかがわば》りの化粧鞄とそれから替えの夏帽子を入れた円い帽子入れと、これだけの身支度で乗り込んで来たので――。

なるほど、それは彼女の父の持つ軽井沢の山荘にくらべて、まことに手狭《てぜま》なお粗末な建物であったかも知れない、五間《いつま》ばかりの日本建の貸別荘に過ぎないから――でも外《ほか》の生徒達は其処《そこ》へ到着すると一同昂奮してはしゃいでいた。

彼女達は東京に住んで東京の女学校に通うので（寄宿舎《きしゆくしや》）という経験を知らないで、中には（寄宿舎生活）というものに、一種の憧れをさえ抱いていた人もあったくらいだから、今この夏の十日《とおか》ばかりを、家を離れて一緒に友達同志で起伏《おきふし》する生活が珍しく刺戟《しげき》を持たせて嬉しくてならないのだった。

持って来た荷物の整理をすますと、前の第二班が張りっ放しにした当番表を、はぎ取って新しい第三班の当番表を作ってはり出すのである、曰く炊事《すいじ》係、曰く掃除《そうじ》係、曰く浴場係、それから風紀《ふうき》係という項目がある。

その当番表については、水泳部監督について来ていらっしゃる先生方から御説明があった。

「炊事係は申し上げないでも、おわかりでしょう、皆様の御飯のお支度です。これは献立表《こんだてひょう》を作って責任を持っておいしくつくること、勿論先生が御相談に乗ります。毎日の大切なお当番ですから、特に四人組み合ってして下さい。それから掃除係、これは三人ずつ交代、浴場係すなわち、お風呂《ふろ》番、これは二人ずつ、それから風紀係――これは精神的に責任重大な役目です。水泳宿舎内は皆様の人格を尊重して自治制度《じちせいど》を取りますから、皆様の毎日の行動規則礼儀はすべて皆様同志でお守り下さい。そのため指導者《リーダー》として五年の方が一人ずつ風紀係を勤めて戴きます。もしこの宿舎の規則を犯したり、学校の名誉を傷つけるような言動《げんどう》のある人は風紀係が叱っていいのです。わかりましたか」

先生のお話がすんだら誰かが、

「風紀係って、つまりおまわりさんですわね」

と言って、どっと笑わせた。

その当番表を見て思わず深い溜息《ためいき》をついたのは陽子である。大好きな牧子と十日一緒に接近して居られる興味に釣られて、初めて学校の水泳部に今年参加したものの、お蔭で、炊事当番だの掃除係だの、あげくの果てにお風呂まで焚《た》きつけねばならぬ、もの凄《すご》い役がいやでも一度ずつは巡《めぐ》って来ることになったのである。

到着した日は、まだ宿舎内の整理がつかず、最初の当番の人も困難《こんなん》が多いので、水泳開始は明日からとなって、その夕方は皆で海へ出て見た。明日から泳ぐ海は静かにぬたりぬたりとしていた。あまり風情《ふぜい》もない浜だけれども、水泳を習う人達には、まるで天然のプールのようで適当なのである。渚《なぎさ》の波打ち際には一本の丸太《まるた》が柱の横木《よこぎ》に据《す》えられて、初心者がそこで先生にコーチされるのらしい――。

海浜倶楽部の灯が明るくついて、ラジオだか蓄音機だか聞えて来た。

「遅くならないうちに帰るのです」

と早速風紀係が注意して浜を引き上げる。

「あの、帯はこれでもいいんですか?」

と、とんきょうな声をあげたのは、浴衣に淡紅色《ときいろ》の兵児帯《へこおび》を締めて子供らしい風をしていた三年の子だった。

「まあ、いいでしょう」

風紀係がくすくす笑う。

御飯の時使うのは即製卓子《そくせいテーブル》――それは張物板《はりものいた》のような白木《しらき》の長細い板をお座敷中《ざしきじゅう》四角に合せて下に取りはずしの出来る脚を立てて食卓にするので、それは御飯がすむとすぐに片づけるから、外《ほか》に机といっては先生方が使っていらっしゃるだけで、無いし、いちいち机を置いたら狭い貸別荘は机でいっぱい、人のいる処《ところ》はなくなるという次第《しだい》だから、それで皆は畳の上だの、床の間を気は心でお机代りに一寸《ちょっと》の間を拝借したり、縁側《えんがわ》にぴちゃんこになったりして、東京のお家への安着報知《あんちゃくほうち》の第一信を絵葉書《えはがき》や手紙で書いている。

牧子はお母様へ当てて、

最初の一日が暮れました。慌《あわただ》しい中に、お母様のおっしゃるように、姉妹《きょうだい》のない牧子はこういうお友達との共同生活によって、様々《さまざま》得る処があると思います。明日から海に入ります。潮風《しおかぜ》に吹かれて丈夫《じょうぶ》そうになって帰京し、お母様の枕もとで、たくさんたくさんお話をいたします。まだこれからの白紙のままの十日の此処の生活がどんな風か——牧子はその毎日を出来るだけ楽しく有益《ゆうえき》に送るように努《つと》めます。

お大切に。お父様によろしく。

これが母宛《あ》ての便り、それから房州へ小川青年に連れられて行っている弟の亙にも書いた。

その牧子の隣りに身体をすり寄せるようにして、やはり手紙書きをしているのは陽子だった、陽子は金の飾りのからんだ万年筆《まんねんひつ》を面倒《めんどう》くさそうに走らせていた。

宿舎が狭くて鶏小屋《とりごや》に小さい雛が押し込まれているようですの、雨戸《あまど》を夜閉めたら息が塞《つま》るかも知れないし、海はただ磯《いそ》です、海浜傘《かいひんがさ》一本見当りません、それは、ともかく此処でのお食事が悲し過ぎます。陽子の胃袋はデリケートなんですもの、お母様、大至急リビーの缶詰《かんづめ》やその他の食料品を送ってお救《すく》い下さい。

これが陽子の母に当てた第一信だった、それを書き終ると、彼女は御持参のチョコレート缶をあけて一つ指につまんだ。

「牧子さん、いかが？」

と隣りの牧子にすすめると、牧子は一寸《ちよつと》考えて、

「夜間食《かんしよく》してもいいのでしょうか、風紀係にお伺いたてましょうか」

と気が小さい。

「あら、そんなら風紀係さんにも賄賂《わいろ》にこれを少し進呈《しんてい》しましょうよ、ホホホホ」

犯則者《はんそくしや》

水泳は午前中一回と午後一回と時間を限って皆海へ出て先生御監督のもとにお稽《けい》古《こ》するのだった。海浜倶楽部のお二階に別にお部屋を取って来ていらっしゃる男の先生が水泳部の総監督の責任者だった。その先生が最初の水泳開始に先立って一場の訓示《くんじ》を浜でなすった、彩《いろ》とりどりの海水着を着た生徒は砂地に円陣をつくって先

生を囲んでお話を聞くのである、第一班の時からですっかり真黒にやけた先生は黒《くろ》光《びか》りのする銅像みたいになっている。

「ともかく注意すべき事はたくさんあるが、第一に海に入ったら、あの赤い旗の立っている場所より一歩も遠く出ないこと、どんなに泳ぎに自信があっても、団体的の行動を一人で破ってはいけない、あの旗より向うに勝手に出て万一《まんいち》波に呑み込まれ溺《おぼ》れかかっても、先生は責任を一切《いっさい》持たないと言いたいが、そうもゆかない、やはり先生は助けに行かなければならない、助けそこなって先生も波に打ちひしがれて死なないとも限《かぎ》らない、そしたら感心な先生だと文部省からは何か貰えるかも知れないが、後に残る妻や子が可哀想ではありませんか、皆さん、僕の妻などは水泳部の監督で此処へ来るについて、それればかり心配していました。ですから、皆さんは僕の妻に同情して決してあの赤い旗から向うへ出ないことを誓《ちか》ってくれませんかァ」

先生のお声はほんとに痛切《つうせつ》だった。みんな砂に足をめり込ませて笑いを我慢したけれど、先生の奥様に同情してみな赤い旗を越えないようにしようと思ったのは事実である。

赤い旗のこちらは波がちっとも無くて静かで確かに危険はなかった、でも困ったことに、時々水母《くらげ》に襲《おそ》われて心なくも醜態な悲鳴《ひめい》をあげねばならない人が出来た。寒天《かんてん》みたいに白いぶよぶよしたものが、ふわりふわりと浮いて一寸触《さわ》ったと思ったら最後飛び上るほど痛く刺されるのだった。その度に宿舎へ駈け入ってアンモニヤをつけたりメンソレータムをつけたり大騒ぎだった。一度刺されるとおじけづいて、海へ入っても、びくびくするので泳ぎが不活潑《ふかっぱつ》になった。水母退治《たいじ》をしようと皆怒《おこ》って相談したけれど、まるで潜水艇《せんすいてい》みたいに、あちらこちらに巧みに泳ぎ廻る水母にはかなわなかった。誰かが言い出した、

「赤い旗の向うには水母はいないのよ、波があるから――」

そう聞くと、泳げる人達はなんとなく赤い旗の向うのまだ手にふれぬ波に新鮮な魅力と誘惑を強く感じた。

してはいけないという事は、かえってしたくなる――越えてはいけないと禁ぜられた赤旗《あかはた》の彼方《かなた》の青く濃き波間に少女《おとめ》を誘い招く美しい人魚の棲むような気持で皆赤い旗の彼方に憧れてしまった。

「行きましょうよ、断然！」

陽子がまず禁制《きんせい》を真先に犯そうと言い出した。彼女のクロールのお手並《てなみ》は確かなものだった、軽井沢のプール仕込みでも莫迦《ばか》には出来なかった。

「牧子さん、泳いで出てしまいましょうよ、向うへ——ね」

陽子は牧子の近くで、いつも泳いでいるので、第一に彼女をそそのかした。

「ええ、そうね」

牧子の心も青い波の彼方に動いた、いつもの牧子だったら、赤い旗の向うへ行くことがどんなに悪いか——頭から陽子の言葉には反対する筈なのに、静かな家庭を離れて夏の海辺で多勢《おおぜい》の賑やかな生活は、いつしか牧子を奔放《ほんぽう》に大胆《だいたん》にしていた。

「ね、そっと行ってみましょうよ」

赤旗のこちらは、まだ足が着くので、陽子は海に立って牧子の腕を取った。

「大丈夫よ、土用波《どようなみ》とかなんとか暴風雨《あらし》でもなければ、そう溺れることないわ、ね、牧子さん、波に身体をどんと打たれて見なければ、海へ来た甲斐《かい》ありやしないわ、いっそお風呂の中で浮いてるほうが気が利いてるでしょう」

陽子がしなやかな両腕をあげて、こう言い様《ざま》、牧子の身体を押し出すようにした。

牧子の心はだんだんその誘惑に負けて行きそうになった、牧子とて今年初めて水泳を習う生徒とちがって、烈しい波しぶきを頭から浴びる波乗りの冒険や、大波の下を抜手《ぬきて》を切ってくぐり、ひょいと頭を青空のうつる波間に持ち上げると向うの浜辺の群がりの人が蝶《ちょう》のように小さく、はるかに遠く陸《おか》が見えるあの刹那の快感がしみじみ味わいたくなった。

牧子は、そっとうしろの浜辺を見返った。もうお昼近かったので、女の先生方はお炊事当番の相談役で宿舎へお帰りか姿が見えず、ただ一人あの男の先生が小さい組の人達を集めて水に浮く工夫を一心不乱《いっしんふらん》に教えていられるのだった。

「浮輪《うきわ》を離さないで、それに獅噛《しが》みついている人は何年たっても、一人で浮くことが出来ませんぜ」

と大声で言っていらっしゃる。そんな風だから沖のほうになど少しも注意はしていらっしゃらない、無論今赤旗を越えようという反逆者《はんぎゃくしゃ》が二人、隙《すき》をねらっているなぞ夢にもご存じないらしい。

「ね、今のうちよ！」

陽子が眼くばせしたと思うと、ついと——青に白の細い横線《よこせん》を胸にあしらった——これで到着以来三度取り替えた新しい海水着から、のびのびと美しい手足を水に透《とお》して見せて陽子は泳ぎ進むのである。美しい海の妖女《ニンフ》！

ふらふらと牧子はそれに引かれて、これも又ついと泳いでその後を追った。

眼の前に赤い旗が、ちらりと翻《ひるが》えった――すいっと身体が、その前を乗り越して
ゆく――。

禁制を破った恐ろしさと、その反対の心の踊るひそかな喜び――そしてもう波は
小さい山のくずれるように、ひとうねりうねってぶつかって来る。

「あっ！」

と牧子は声をあげた。

「大丈夫よ、ついていらっしゃい！」

前の陽子が水に半ばを埋めた顔をあげて、美しい眼で牧子を励ました。

牧子はもうぐんぐん泳いで行った。振り返ると赤い旗は二間《けん》も三間《げん》もうしろに、
なんの権威《けんい》もなく立っている。

「痛快《つうかい》ね」

陽子の声が波の上に聞える。大きな波がざぶりとやって来た。眼をつぶってその
波の下を見事に突《つ》っ切《き》った。ふわりと身体が浮いて、いきなりどんと下《さが》る。波は荒

い、けれども張り合いがある。太平洋を無着陸で飛ぶ飛行機に乗っているように、何か勇《いさ》ましい冒険心が湧く。

「あすこの漁船《ぎょせん》まで行ってみない――」

波を先に越えた陽子が牧子に告げて、トップを切って行ってしまう。

浜辺では、先生の笛がピリピリと鳴った。この笛を合図《あいず》に海から皆引き上げて、砂地にならび、人員点呼《じんいんてんこ》をするのである。

ばちゃばちゃ渚に水音を立てて、生徒は皆浜へ上って行く――。

（一ツ）（二ツ）（三ツ）（四ツ）――順々に片端《かたはし》から点呼の番を続ける、二人《ふたり》数が足りないッ。

「先生！」

誰か叫んで沖を指さした。赤い旗の向うのよせ来る大波小波《おおなみこなみ》を小気味《こきみ》よく抜きつつ、今し浮ぶ黄と白の海水帽が、流れる毬《まり》のように小さくならんで見える。黄いろい海水帽は牧子、白いのは陽子のそれである。

先生は顔色が変った――といっても真黒だからよくはわからぬ、でも眼の色をお変えになった、黙ってざんぶと海へ飛び込んで赤い旗のほうへ、二つの規則を破った海水帽の主《ぬし》を捕《と》らえに泳いで行かれた。

「先生の奥様が可哀想可哀想」

浜辺に群がり立つ生徒達は囃《はや》し立てた。五年の風紀係の人が蒼《あお》ざめてしまった。

刑罰当番《けいばつとうばん》

陽子と牧子は三人の監督の先生から散々お小言《こごと》を頂戴した。（だから最初あれほど注意したのに――）（第三班の不名誉です）等々皆の前でお叱りを受けた。陽子はつまンなそうにしてはいたが、別に悲しがりもしなかった。牧子は悪夢《あくむ》から醒めたような気がした――思えば何故あの赤い旗を越す気になったのかしら？　ただふらふらと、美しい妖女《ニンフ》の如く陽子が泳いで出ると、それに魅《つ》かれてしまったのだった――こんなことになってお母様にすまないと思った――それと同時に自分という女の子は、いざとなればなかなか大胆でいくらでも悪いことの誘惑に喜びや刺戟を感じてそれに落ち込んでしまう性質が、胸の中にかくされてあって、機会があるとそれを実行してしまうのだと思うと、自分が恐ろしかった。

牧子は、今度海へ来て、我が家を離れて、友達同志の生活の中に、今まで知らなかった（自分）の一つの姿をありありと発見したのである。

「此処は生徒間の自治制でやってゆく方針《ほうしん》ですから、貴女方の中に規則を犯した人が出たら、貴女方で相談し裁判して、その人を処罰《しょばつ》してごらんなさい、風紀係が責任ですから――」

言うだけお小言を浴びせたあと、先生は自治制を尊重《そんちょう》なすって、あとの始末《しまつ》、犯則者の罰や善後策《ぜんごさく》は一切五年の風紀係の人にお任せになった。

そこで五年の人達が裁判所を開いて二人の犯則者の処罰を審議《しんぎ》する事になったが、これは一切傍聴禁止《ぼうちょうきんし》で、暑いのに御苦労様にも一間《ひとま》の襖障子《ふすましょうじ》を閉め切って秘密会議約二時間ばかり、ともかく水泳宿舎開かれてから未曾有《みぞう》の突発事件が引き起された。

あとの生徒はこの成り行きがどうなることかとしいいんと静まって、午後の水泳の時間がせまっても出かけないでいるほどだった。

「罪は軽いことよ、だって相庭さん弓削さんをお好きな人たくさん五年にいるんですもの――」

こんな噂をして二人の罪を慰問《いもん》する人もいた。

暫くして、風紀係全体の御相談がまとまり、二人は呼ばれた。

「過去は仕方がありませんが――」

と五年のがっちりした優等生型の一人が校長代理といった格《かく》と見識でまず口を切った。

「しかし、今後二度と規則を破《やぶ》らないと誓って下さい。いいですか」

と続いて念を押した。

「はい」

と牧子はうす赤くなって、恥じて直《す》ぐ返事した。陽子は（何をウ）といった表情でつんとしていた。

「相庭さん、貴女は？」

と、誓いの答を催促されると、仕方なさそうに、

「はア」

と答えた。

「それで、今後外《ほか》の人達への見せしめの為にも、ともかく相当の罰を貴女方お二人

にしなければなりません」

と言われると陽子が不平そうに、

「あの、もうしないって誓っただけでは、いけませんの？」

と問い返した。

「勿論、誓っただけでは罪の償《つぐな》いにはなりません」

風紀係はきつい眼をした。

「だって、さっき、過去は仕方がありませんておっしゃったじゃありませんの？」

陽子は逆襲《ぎゃくしゅう》した。三年生のくせに五年の人にどんどん楯《たて》を突く、その思いあがった態度は小憎《こにく》らしくもあり、また見様《みよう》によってはなかなか落ち着いた颯爽《さっそう》たるものだった。

「自治制ですから、皆でいましめ合う規則に服従しなければいけないんです」

五年の人のほうが少し論旨《ろんし》があやうくなった。

「赤旗を越えた罰は、二日間二人でお風呂係の当番をするのです、その刑罰は適当だと皆認めて議決しましたから、明日《あす》から明後日《あさって》まで、お風呂当番を責任をもってして下さい」

これで判決言い渡しが終った。牧子は丁寧にお辞儀して立ったが、陽子は罰を受けた上にお辞儀までしては損だわと云った態度でぷんぷんして立って行った。

「どうだったの、なんですって？」

同級の人がわいわい二人に尋ねた。

「お風呂焚くの二日！」

陽子が情なそうに怨めしそうに言った。うわっとみんな笑い出した。

「私はまた座敷牢《ざしきろう》にでも押込《おしこ》められるのかととても心配してたわ」

と刑罰がお風呂係では甘過ぎると思うひともいた。

「あら、じゃあ、私明日お風呂番の順番だったのに、のびたのね、嬉しいっ」

「その順番で二日ずつ狂うとお蔭で私一度だけで、もう帰るまでお風呂番をしないですむわ」

「あと四五人赤い旗の向うへ越せば、私とうとうお当番しないですみそうよ――」

などと、人の刑罰をよろこぶ利己主義者が忽ち現れた。こうなるとまったく頼《たの》みがたきはげに人心《ひとごころ》――軟派の女王も二日つづけて据風呂（桶の下にかまどを取りつけた、水から沸かして入る風呂）を焚き給《たま》うとは――あなおもしろの水泳宿舎の物語が展開された。

その夜いつもなら、牧子は東京の家に病む母に便りを書く筈だったけれど、なんと今日の報告をしていいか――心がとがめてペンが取れなかった。

その翌日からお風呂焚きの刑罰を二人は受けることになる。

午前中は海から上って、皆お風呂場へ行って水を浴びて海水着を脱ぐけれど、その時は、みんながてんでに水を汲《く》んで浴びるので、本式にお風呂を焚くのは夕方なのである。

まだ水道の設備なぞはないから、井戸水をポンプで汲み上げるのだが、それがなかなか大変だった。

「私もう三百ついたのに、まだお風呂桶《おけ》の底のほうに水が溜ったただけよ、ああやりきれない」

陽子は嘆《なげ》いた。でも牧子は黙々としてポンプの柄《え》を握って動かす。

「いいこと、私小さい人をパインアップルの缶詰で買収して手伝わせるわ、待っていらっしゃい」

と、陽子は座敷へ駈け上って、此間東京のお家から、たくさん送って来た食料品の缶詰類の中から一つ取り出して宿舎の門のほうへ出てみた、その門の垣のほとりを焼けつく砂をきゃっきゃっとはしゃいで踏みながら、二年の人が三人、一枚の大きなバス・タオルに三つの背中《せなか》を覆《おお》うて、くっついて海のほうへ楽しそうに歩いてゆく。

「一寸《ちょっと》！」

と陽子がその三人を呼び止めた。

三人がこちらを振り返ると、ここぞとばかり陽子は愛嬌百パーセントの微笑を送って、

「ね、いい子だからポンプ突いて頂戴、お礼ちゃんとしてよ」

とおいしそうなパインアップルのレッテルの張られた缶を振り廻す。

「あはいだあ」

一人が笑い出した。

「どうする？」

一人が顔を見合せた。綺麗な上級の人の頼みだし、手伝っても悪くない、その上御褒美《ごほうび》付き――。

「駄目よ、罰を受けてるの手伝えば風紀係に叱られるにきまっているじゃないのオ」

一人が囁くと――さっと三人砂をけって、一目散《いちもくさん》に浜へ逃げ出してしまった。

「ちえっ、話せないおチビだな」

陽子は口惜《くや》しがって、いきなり缶詰を砂地に放《ほう》り投げたら、垣の下にうずくまってはアはア舌を出して暑《あつ》がっていた犬の背中に、それがどんと当ったので、きゃアんきゃアんと犬はけたたましく吠《ほ》えて走り出した。犬まで自分を侮辱《ぶじょく》しているようで、陽子はすっかり不機嫌になってしまった。

陽子がそんな事をしている間、ただ牧子は一心不乱にポンプを突いた。汗が流れるし、胸はどきどきするし、倒れそうになる。これを二日続けるのだ。しかし悪いことをした天罰だ、陽子の誘惑に負けた弱い自分へのいい見せしめだと思って、ぐんぐんポンプを突いていた。

「弓削さん」

呼ぶ声がするので見廻すと、お風呂場の窓から炊事当番の人が西瓜《すいか》を三つほど持ち上げて見せている。

「これお風呂の中に冷《ひや》しておきますから、火を焚きつける前にお台所のバケツへ移しておいて頂戴ね、頼みまアす」

と言って、どぶんと風呂桶へ投げ込む音がした。牧子は返事も出来ないほど疲れていた。

「ごめんなさい」

と陽子が下級生の買収策《ばいしゅうさく》に失敗して戻って来て、ポンプの柄にすがった。

「でも牧子さん、貴女とだから、こんな労働でも我慢出来るのよ」

陽子がそう言った時、仄なわすれなぐさの香水の匂いが薄く汗ばんだ肌から牧子の顔近くせまって来る。牧子のギンガムの袖なしのスポーツの服は汗に萎《な》えて、はずかしいほどだった。

「もう、たくさんじゃない、一寸見て来るわ」

陽子が風呂場の戸を開けて覗き、

「ストップ！　もういっぱい」

と叫んだ。

「ああ、心臓がどきどきするわ、私東京の家から女中呼ぼうかしら？」

と陽子は、ろくにポンプつかないくせに仰山に疲れて見せる。牧子もぐったりして宿舎の縁へ掛けてほっと休んだ。

「貴女休んでいらっしゃい、私が一人でうまく火を焚きつけてよ」

陽子はこういうと、感心《かんしん》に牧子を残して一人で湯殿《ゆどの》へ入って行った。中から、

「おう煙《けむ》い煙い」

とか、

「このマッチどうしたんでしょう、いやなマッチ、すぐ消えて」

とかなんとか、声がしたが、どうやら焚きつけたらしい。

やがて、海から帰って来た連中ががアがア言ってお湯殿へ入った。

「あら、もうお風呂沸《わか》してあるの、感心ね」

などなど言って、お風呂の蓋《ふた》を取った生徒が、濛々《もうもう》たる湯気《ゆげ》の中に浮んでいる剃《そ》りたての尼様《あまさま》の頭みたいなものを三つ発見した。

その日の三時のおやつに、水泳宿舎の生徒達は妙《みょう》な表情をして、生暖《なまあたた》かい西瓜の切れを食べさせられた。

「火を焚きつける前バケツへ移してって、あんなに頼んだのに――」

と炊事当番の怨み言をよそに、陽子は嬉しそうに牧子に囁いた。

「いい気味ねえ」

と、あでやかに、にっこりするのである。でも牧子は辛かったし、はずかしかった。

水泳部に参加して以来、日頃の牧子の性質を失って、陽子にすっかりリードされて思わぬ失策《しっさく》ばかり演じる自分がたよりなく悲しかった――。

雨《あめ》の日《ひ》

水泳部のひと達の気風《きふう》は暫くすると自ずと二つに別れて行った、一つをファッショ組と云い、一つをセンチ組と云うので、ファッショ組はその名の如くこれはまるで兵隊さんの軍隊生活のように健全で体育的で規則正しく勇ましい――大いに軍国《ぐんこく》的《てき》な一団だった、そのひと達は朝早くお床をスッと飛び出して身じまいし、当番の人は口をきかずに黙々と立ち働き、水泳開始の時間には真先かけて浜辺に突進し、我こそと先陣《せんじん》を争《あらそ》って、どぶんどぶん、抜手を切って勇ましく、練習第一主義なのである。

水泳の先生が（皆さんの中《うち》から将来は、オリンピックに出場する前畑秀子《まえはたひでこ》嬢のような人が、どんどん出る高遠《こうえん》な理想のもとに猛練習して下さい）と、煽動《せんどう》なさるので、ファッショ連はなおのこと、未来の国威《こくい》発揚者《はつようしゃ》としてふんばって水漬《みずづか》りで奮闘《ふんとう》する。

そしてお昼には、どんなお粗末なお献立でも食慾旺盛《しょくよくおうせい》で召し上る、そして午後から又海へばしゃばしゃ、散々疲れて引き上げて勇壮に入浴、それから又食慾、そして晩は浜辺に堂々と隊を組んで、砂をけり立て声高らかに肉弾三勇士《にくだんさんゆうし》の歌を合唱――そのまわりに、ひそひそ二人組んだり、ただ一人で孤独の哀愁《あいしゅう》を楽しみ味わいつつ砂丘《さきゅう》に咲く月見草《つきみそう》の淡黄《うすぎ》の葩《はなびら》に、はかなく涙するセンチ組のかぼそき子達の胆《きも》をつぶさせる次第、そして夜ともなれば教科書に向いお休み中の宿題に熱中、誰かさん達のように、いとも柔弱《にゅうじゃく》なる詩集をひもとき燈《ともしび》のもとに思いに耽《ふけ》るなどいう阿《あ》呆《ほう》なことをする暇《ひま》があったら、ごしごしお洗濯、それで就寝《しゅうしん》時間が来て、青蚊帳《あおがや》が釣られると、ファッショ組一斉に廟行鎮《びょうこうちん》（軍歌「肉弾三勇士の歌」に登場する適地）の鉄条網《てつじょうもう》を爆撃する如く蚊帳の中に突撃し、連《つら》なるお蒲団《ふとん》の塹壕《ざんごう》に躍《おど》り込み、一度に起る勝鬨《かちどき》の鼾《いびき》の響《ひびき》いと高く天も崩るるばアかアリイなアリイ——。

　これがファッショ組の一日。お次がセンチ組、これは委しく説明せず、すなわちセンチメンタル、セメン樽——但しお姿はほっそりと、いずれも神経もまた、か細《ぼそ》くって、あまり海に入ると心臓がどきどきする御連中、一寸でも波がどさりと来ると大地震《おおじしん》か猛獣《もうじゅう》に出会ったように（あーれエ）と悲鳴をあげ給うて、波の中より砂浜に多くより集《つど》うて、喃々喋々《なんなんちょうちょう》、一本欲しいは海岸傘《ビーチ・アンブレラ》、（赤いヨットに白い帆《ほ》を張ったら、どんなにいいでしょうねえ）など空想力豊富《くうそうりょくほうふ》で、なかなか詩人でいらっしゃる、従って食慾は奮《ふる》わず、三度のお食事より間食組、チョコレート、クリーム、板チョコ、ボンボン、ヌガー、無邪気なのはキャラメルをねちゃねちゃ、（私炊事当番になったら、ゆで小豆《あずき》つくって見せるわ！）などとおっしゃる、（ゆで西瓜じゃいやよウ）ごもっともで——牧子はお耳が痛いが、陽子は平気でのほほん、夜ともなれば、センチ組も月の明《あか》りを慕《した》うて海辺をさまよう——月影白《つきかげしろ》き波の上、ただひとり聞く調べ——告げよ千鳥《ちどり》、姿いずこ、かのひと——ああ悩ましの夏の夜《よ》——などと顫音《トレモロ》いと御麗《おんうる》わしく、さても雅《みや》びやかな有様《ありさま》、なかには相庭さんが此頃《このごろ》弓削さんばっかり人間扱いなさるのが怨めしいと――断然悲観してこの夏の憂鬱《ゆううつ》やるせなく、一人しょぼしょぼ夜鳴くあわれ浜千《はまち》鳥《どり》、海をば越えて月夜の国へ消えて行きたいと歎く、これは憂愁《メランコリー》のひとびと、ここの合宿ではからずも一緒になった下級の子を大好きになって、おのぼせ熱を発揮《はっき》したけれども、なんと無情よ、その思う子はあいにくファッショ組、今も今とて、君思うこの上級の姉君の心のほども露知らず、（ここは御国の何百里、離れて遠き満洲の――）などといい気になって砂浜で鬼ごっこをしている、あんまり可哀想だと深切な友達がおせっかいをやいて、その下級の子に告げてやると、その子の曰く、（私いやだわア、あんな水泳の下手《へた》なひと嫌いイ）――まことにセンチと体育は相伴《あいともな》わない、（だから、大きなくせして浮輪にしがみつくのは醜態よ）と間に立った友達に忠告されて奮然《ふんぜん》と兎《うさぎ》の恰好《かっこう》した青い浮輪をぶつりと小刀《こがたな》で切り破ったはよいが、その翌日海へ入ると身体が沈んじまう、ますます醜態、（ああ私人魚に生れればよかったのに……）と、ひと思う子はあわれなりけり、あわれなりけり。

　さてお天気の日はかくの如し、これがもし雨が朝からしとしとと降りそそぐとなると又大騒動、海へは出られない、ファッショ組は雨も、ものかはと飛び出す気でも先生がお許しにならない、(ああ、つまンなアい)でてるてるてる坊主をしおらしく慌ててつくる可愛いひともいる。ところが、センチ組は大はしゃぎ、ポータブルの蓄音機をかつぎ出して、

「(巴里《パリー》の屋根の下)かけましょうよ」

「あら、橘《たちばな》薫《かおる》と三浦《みうら》時子《ときこ》の(歌え君セレナーデ)かけて頂戴よ」

「ああ(春のおどり)の歌——でも、あのレビュウ思ったより、つまらなかったわ、あれよりも松竹楽劇部の(べら・ふらんか)のほうずっとよかってよ、水江《みずのえ》瀧子《たきこ》のアドルフ中尉素敵よ」

「ええ、よかったわ、すっかり髪をガルソンヌにして白の軍服とてもオねえエ」

松竹びいきが共鳴《きょうめい》すると、宝塚ファンが承知しない、

「(春のおどり)だって部分的には、とてもいいわ、インディアン・ファッションン・ショウの佐保《さほ》美代子《みよこ》のあの影の姿すてきだったわ」

「ええ、それから三浦と橘の(ジャズ・オブ・ジャズ)さすがに宝塚よねえエ」

「睡蓮《すいれん》の踊する筈だった百敷《ももしき》忍《しのぶ》私もうせんから好きだったのに、東京へは今度来なかったのね、病気でしょうか、お嫁にいっちまうのかしら、怪《け》しからないなあ」

松竹びいきも又負けない、

「私（べら・ふらんか）の大成功を歌舞伎座《かぶきざ》の最初の公演で見た時涙がこぼれたわ、楽劇部の人も此処まで進歩し、漕《こ》ぎつけてくれたかと思って。だって今までいつでも宝塚に押されて負けていたんですものオ」

「え、ほんとにそうよ、でももうあれなら大丈夫よ、宝塚なんかに負けはしないわ、歌舞伎座の公演たった五六日で可哀想だったわ、浅草《あさくさ》に引き上げないで、新橋演舞場《しんばしえんぶじょう》の長期興行《ロング・ヒット》の宝塚に対抗しちゃえばよかったのにねえ」

するとする今度は宝塚ファンがたちまち、やり返す、

「駄目ですよ、なんと言っても宝塚は基礎教授がしっかりしていますからね、負けはしませんよウだ」

「ええそうよ、あすこの生徒生活の映画見たってわかることよ、しっかりした勉強していてよ」

すると松竹党力《りき》み返す、

「いったい私達は東京の女学校のくせに、東京の松竹レビュウを認めないで、大阪の宝塚に夢中になるって法ないと思うわ、宝塚は関西の女学校の人にまかせて置け

ばいいじゃありませんか、そして、東京のお膝《ひざ》もとの松竹楽劇部をこそ、私達こそって応援すべしだと思うわ」

「ええ、そうよそうよ、私これでも江戸ッ子よ」

すわこそと宝塚党が――

「あら、いやだ、そんな気の狭いこと言って、新時代じゃないわねえ、芸術《げいじゅつ》に国《こっ》境《きょう》なしと申すではございませんの、エヘン」

などと一大思想家《しそうか》が現れる。

かくの如くセンチ組のわアわアがアがアのレビュウ争い、野球リーグ戦争いの論《ろん》争《そう》をよそに、こちらのファッショ組はこれは又雨の日も無駄《むだ》にせず、水泳のお稽古、と云って海へは出られないから、お縁側へ出て端から端まで両手両脚をばたばたさせて泳ぎの型をつけて貰って、お膝を赤くすりむかせる、それがすむと団体遊戯《だんたいゆうぎ》でわいわい。

センチ組が自分達のおしゃべりを棚にあげて、（おおやかましい）などと言ったら、ファッショ組すっかり怒って、寄《よ》らば斬《き》るぞと身がまえて、

「雨天《うてん》の日は運動不足にならないようにって、先生がおっしゃいまアしイたア」

と声を揃える。

その時、ほんとに先生が出現なすった、今まで裏手の海浜倶楽部へ行って新聞読んでいらっしたのが、あまり宿舎がさわがしいので見廻《みまわ》りにいらっしたのである、でも少しも怖くない優しい女の先生だから、かしこまったが、安心している。

「皆さん、いくら雨の日でも騒ぎすぎますよ、いったい何をさっきから大声で言い合っていらっしたの――」

「先生、私達団体遊戯をしていましたア、でも、外《ほか》の人は何か口論《こうろん》していましたア」

とファッショ組の大将が言いつける。

「ホホホホ、宝塚だの松竹だのって、ほめ合っていましたね、ちゃんと倶楽部まで聞えましたよ」

「あーら」

「だってエ先生」

甘ったれたほうが叱られないとあって、みんな甘えて見せたが間に合わない。

「私、それで私達の学生時代のエピソードを思い出しました、お茶《ちゃ》の水《みず》の女高師の寄宿舎にいました時ね、同じお部屋に秋田県の方と北海道の方がいらっしたの、或る時、秋田の方が、（林檎《りんご》は秋田のほうが一番おいしい）って言い出したら北海道のひとが、（いや、林檎は北海道のに限る）って言い張って口論が始まりました、二人とも負けていませんそのうち冬になって、秋田の方のお家からも林檎を一箱送って来る、北海道の方のお家からも一箱、さあ大変、秋田のひとはお部屋の人にその林檎をくばって、（どう、秋田のがおいしいでしょう？）と問うんです、北海道のひとは又自分の林檎をくばって、（どう、うちの林檎のほうがずっと味がいいでしょう）っていいばるんです、お部屋の人はみな困ってしまって、秋田の人の林檎を戴いて食べた時は（ええおいしいわ）と言うし、北海道の人から貰った時も（ええおいしいわ）でしょう、はてしがつきません――」

「ワッハハハハ」

と、ファッショもセンチも入り乱れて朗《ほが》らかに笑いを爆発《ばくはつ》させた。

「それで結果はどうなったとお思いになります？　皆さん」

「秋田が勝ちましたの？」

「北海道かしら？」

みんな林檎を食べたそうに、すっぱい顔をして首をかたむけた。

「いいえ、どちらも勝ちません、それどころか、お部屋の人達は毎日林檎の品評会《ひんぴょうかい》でたくさん林檎を食べ過ぎて、すっかりお腹をこわし枕をならべて寝てしまいました」

「ワッハハハハハハ！」

「それで責任者として、秋田と北海道のお二人は、舎監《しゃかん》の先生からお目玉《めだま》を頂戴して訓戒されました、それが哀れなる結末のナンセンスです、だから皆様、つまらぬ言《い》い争《あらそ》いをなさるものでは、ございませんよ、おわかりになりまして？」

「はあ——」

と一同神妙《しんみょう》になった、とたん、宿舎の入口にどたりと音がした、なんでしょうとお当番の人が出て見ると、雨の中を濡《ぬ》れて走って来た電報配達夫《でんぽうはいたつふ》が自転車をよせかけた音、黒い合羽《かっぱ》にすっぽり身を包んだ配達夫さんが腰のカバンから取り出した一通の電報。

「ユゲマキコさんて、ここにいますかア」

「はい」

と、牧子が立ち上ると同時に、取り次いでくれた当番が吃驚したように持って来て手渡した。

「お宅からでしょう」

と先生も電報とあって、心配そうになさる。牧子が濃い眉を曇《くも》らせて開くと、

スグオカエリ　チチ

「牧子さん、なあに？」

と早くも陽子が肩越《かたご》しに覗く。

「相庭さんたら、弓削さんのことだと、夢中よ、ビビイだ」

とおやきもち組が拗《す》ねる。

牧子がその電報を先生におめにかけると、

「何かお家に御用が出来たのでしょうか」

とおっしゃる。

「はあ、母がふだん病身なので——」

と、不吉《ふきつ》な予感を恐れるように牧子は蒼ざめて、口をつぐんだ。

「では早く——横須賀《よこすか》からの電車なら三十分おきですから、今すぐお出かけなさい、お荷物はあとで纏《まと》めて送って差し上げます」

とおっしゃると、

「私が持って行ってお届《とど》けいたしますわ」

と陽子が甲斐甲斐《かいがい》しく嫉《ねた》ましいばかりになんでも引き受ける。

逗子からのバスを待っていると遅くなるから、裏の倶楽部から電話で大至急《だいしきゅう》で自動車を呼ぶ。その間《ま》に牧子は大切な教科書やノートや手廻りの品だけを小さい手提《てさ》げの鞄に詰めて出かける。

自動車まで牧子に傘さしかけて陽子が見送りに出かけつつ、

「あの、先生、私逗子までお見送りに行ってまいります」

と言うと、外《ほか》の御連中も、雨の日の退屈しのぎに、（私もお見送りに）（私も——）と見送り志願者《しがんしゃ》が続出する。

「お見送りは先生が逗子まで参りますから、皆様はそれより、もう夕方ですから、お掃除やお炊事やお風呂の係りをして、お部屋を片づけていらっしゃい」

と言われて、一同ダアー。陽子はそれには、ひるまない、

「あの、先生、私も牧子さんと御一緒に引き上げて、帰って宜《よろ》しゅうございますか?」

と突然言い出す。

「相庭さんは何も今俄にお帰りになる理由がないでしょう」

と先生のほうが吃驚しておしまいになる。

「だって、弓削さんお帰りになってしまえば、私こんなところにいる理由がないんですもの」

と陽子は大胆不敵《だいたんふてき》な偽《いつわ》らざる告白をする。

「ホホホホホ、故なくして途中帰京を許さずって、御規則です、水泳部の団体生活は、始めから終りまで一致することですよ」

先生はあっさり陽子の我儘な願いをノックアウトなすった。

陽子が不機嫌になっているうちに、自動車が来て、牧子と先生が乗り、早くも車は逗子の方へ海添いの街道の雨煙《あめけぶ》る中を走り去った。

「弓削さんお可哀想ねえ」

「だから、雨の日は嫌いよ、何か悪いことがありそうで寂しいんですもの」

「でも相庭さんたら、あんなこと平気で先生におっしゃって、弓削さんのほうが、きまり悪がって、よっぽど赤くなっていらっしったわ」

「軟派の女王の権威地に墜《お》ちたりイだわ」

「でも弓削さんは御冷静よ、それどころかお母様御病気ですもの――」

こんな噂や蔭口《かげぐち》をよそに、陽子はがっかりしていた。牧子と暫く海辺のこの宿舎で日夜暮せるのが唯《ただ》一つの望みで軽井沢から、わざわざやって来たのに、その肝心《かんじん》の牧子が今日小鳥《ことり》のように去ってしまえば、まったく陽子には一日も一分間も止《とど》まるに及《およ》ばない、うんざりする宿舎の生活だった。剛健質実《ごうけんしつじつ》を旨《むね》とし、身には粗末な海水着とお腹には鉄の胃袋と、炊事、お掃除、お風呂焚きと、疲れる事を知らない四本の手足を持ち合せなければ、やって行けないこの宿舎の団体生活なるものが陽子のブルジョア貴族主義と火と水で相容《あいい》れないのだから――。

その夜陽子は灯《あかり》の下での自修《じしゅう》時間に、そっと人目を忍《しの》んで東京の母の許へ手紙を走り書した。

お母様、陽子は帰りたくなりましたの、でも勝手には帰京を許されませんの、ですからこの手紙御覧次第、大至急電報を打って下さい、ハハキトクスグカエレでも、チチタイビョウスグカエレとでも、なんでもお願いいたします、母様きっとよ。

電話《でんわ》の声《こえ》

東京駅に着いたら、その暮《く》れ方《がた》の都《みやこ》の舗道《ほどう》の上には、もう雨の跡はかわきかけていた。街路樹《がいろじゅ》の下に、ぽっと灯がついている。

牧子には、なべて、それらの風景がただもの悲しく瞳にうつるのである。今日離れ来《き》し、あの海辺の雨の銀鼠《ぎんねずみ》の煙る中を、ただひとり先生に送られての出立《しゅったつ》、――そして幾日かの水泳宿舎での生活、赤旗を越えた事件――西瓜《すいか》をゆでた事件、電報の来た刹那の気持――それからそれへ、もうそれは幾年もの前のなつかしい出来事の絵巻物《えまきもの》の如く思い浮ぶのだった。

我が家の門に止めた車から降り立った牧子は今、やや仄暗い玄関へ立った時、ひっそりとした我が家から響くピアノの音を聞いた。

（亙さんが弾いている――）

と思うと、ほっと安心した。（母さんは大丈夫なのだ、弟が好きなピアノに悪戯しているからには――）と。

それと同時に姉の気配を早くも知ったのは亙だった、ピアノの音は、はたとやんだ。

「お姉様、心配した？」

と大声で呼んで彼は素早くピアノのある応接間《おうせつま》から燕《つばめ》のように飛んで出た。

「ええ、お母様お悪くなったんでしょう」

牧子は母の病室へそのまま進もうとすると、

「うん、少しねえ、だけど、僕お姉様のところに電報なんか打てば、きっと心配して大変だと思ったんだ、だけど――お父様は打つとおっしゃるし、僕とても反対したんだよ」

「だって、お母様お悪くなったのなら、すぐ呼ばれるの当り前よ――」

「ううん、だけど、お父様がお姉様を呼ぶ理由悪いんだもの――」

亙は言い出して、しまったと後悔するような顔をしたが、もう間に合わなかった。

「そう、なんてお父様おっしゃったの――」

「あのウ、お母様が少し悪いから看護婦《かんごふ》に来て貰うようにって、お医者さんが言ったら、お父様が、そんな場合――女のくせに牧子が海へ行って遊んでいるのは間ちがいだって、そして電報打つって――お父様横暴《おうぼう》だなア」

亙は姉に同情して告げてしまったのだ。

女の子のくせに――父がそんな言葉を使うのは、日常のことだし――今更《いまさら》いい、いやな気もしなかった、でも小さい弟が（お父様横暴だなア）と憤慨《ふんがい》してくれるのが、可愛く嬉しかった。

「そんな、どうだっていいのよ、亙さん、看護婦のひとが、いるようだったら、無論お姉様飛んで帰る筈ですもの」

牧子はこう言いながら、弟が父の電報打つことに反対したと言うけれど――看護婦を要するようになった母の容態《ようだい》は、決して楽観《らっかん》出来ないのだと思った、その疑いは弟と連れ立ち入った母の病室で、ますます濃くなった。

「いつも夏は母さんは弱るのですよ――そのお蔭で牧さんは、面白そうだった海から呼び返されるし、気の毒しましたね」

母の喜久子が優しくそう言うのを――牧子は信じなかった。

そして、その夜ひそかに牧子は父の書斎に呼ばれた、

「牧子、お前はもう大きいから、お父様から宣告しておく必要があると思って言うのだが――お母さんはあぶないのだ――心臓が予《かね》て弱かったし、弁膜症《べんまくしょう》の危険が伴ってて――どうも、万一のことが無いとも言えぬという医師達の見込みなのだ、それで互はそれとなく小川君へ手紙で知らせて、房州のほうから戻らせたが、当人には一切真実を知らせずに、ただ小川君の都合で帰ったように言ってあるんだし、お母さんの病気は暑さあたりで、ほんの一寸《ちよつと》悪いに過ぎぬとしてあるのだ、だから、お前の許へ電報を打つ時も、姉さんが折角楽しく海で遊んでいるのに、心配させて呼ぶのはいけないと生意気《なまいき》に反対したりするので困ったほどだ、ハハハハ」

父の弓削博士は寂しく苦く笑った。牧子は日頃は心なじまず、親しみがたい父だったけれど、その寂しく、ほろ苦い笑いは、共に悲しく胸に浸みた。

その時――静かな家《や》うちにピアノの鍵《キ》盤《イ》を叩く音がする――その音を耳にした父

の顔は更に曇った。

「困った奴だ、たった一人の男の子のくせに、ピアノをいじったりして――」

音楽にも美術にも文学にも、自分の専門の科学以外にはなんの興味もないこのあまりに科学者の父には、たった一人の大切な男の子が楽器を無心《むしん》に鳴らすのさえ、不快で不安な種子《たね》らしかった。

「それで、いいか、牧子、お前は万一お母さんを失った時は、互の姉として、又母代りとして、今の単なるお嬢様とちがった大責任を持たねばならなくなるのだ――」

その父の言葉の前に牧子は叫びたかった、

(私いや! そんな恐ろしい運命は!)

――父に、そんな覚悟《かくご》を問われた際、唇をひしと引き結んで、(はい、お父様御安心下さい、私その決心をいたしました) などと健気《けなげ》な御返事をするのは、面白くないが為にならなお話の一場面の空想化された模範少女の典型《てんけい》に過ぎないのだ――牧子には、今あまりに恐ろしい現実の深い谷の前に立たされた時――ただ一つの意志が働くばかりだった。

（そんな運命は私受け取りたくない、いや、いや）

「牧子、いいか、それだけは今から覚悟《かくご》して貰わんと困る」

父が重ねて、押しかぶせるように言った時、牧子は両手に顔を覆《おお》うて父の部屋を走り逃れてしまった。

暗い廊下の端に十分、二十分――牧子は顫《ふる》えおののき我を失い佇《たたず》んでいた。

が――しょんぼりと、やがて彼女は母の病室の枕辺《まくらべ》の灯《ひ》の下《もと》に涙を見せじと坐ったので……。

病む母は静かに眼をあげた――

「牧さん――まだ貴女はやすまないの？」

「ええ、ちっとも眠くないんですもの、それに――私夏の休み中は毎日よくお看護しますわ」

「そう、折角のお休みのおしまい頃を、母さんのおかげで、こんなにして――亙はどうしています、あの子はあまり病室へは入れないようにしているのだけれど――」

「ええ、さっきまでピアノを弾いていましたの、でも、もう寝たのかしら――」

「あの子も、貴女よりピアノが好きで、ホホホホ」

病人は珍しく微笑んだ。

「ほんと——私音楽の才がないんですもの——亙さんは、その反対ですわ」

「それが、お父様にいけないのね——」

そう言い合っている時、又もあたりを忍んで、そっと打ち鳴らすようにピアノが響いた、小倉末子《おぐらすえこ》編の、やさしい教則本の指の練習用に選んである小曲（見わたせば）だの（蝶々《ちようちよう》）だのを巧みに亙がそっと奏《かな》でているのである。

「今年の梅雨《つゆ》で、ピアノもすっかり調子が狂っていますね、牧さん、そのうち調律《ちようりつ》師《し》を呼んでなおして貰って頂戴」

「ええ、私どうでもいいんですけれど、亙さんの為に——」

「牧さん、亙がもし音楽が好きでそちらへ進みたかったら、それでもいいとお母さんは思っているの——ただ、お父様がねえ——でも、母さんは子供は思う道へ皆自由に進ませてあげたいの、そして、それを見守って力強く応援してあげたいの、それが母さんの理想だったんです——母さんはその望みを果す為にも、石にかじりついても生きのびたいの——」

母の切ない言葉に、牧子ははっと胸打たれた。

（後生よ、母さん死んではいや）

牧子は心の中で叫んだ、でも死という言葉をどうしても、あらわに母の枕辺で口にするさえ恐ろしかった。

「でもね、牧さんは自我の強い子で個性がはっきりしているから、母さんはせめても安心しているの、貴女は自分の思うことを貫いてゆけると信じて。そして貴女が、卑《いや》しいまちがった自分の道を選ぶ筈はないでしょうし。ただ瓦はどうでしょう、あの子の神経は細く弱すぎて、もし自分の思うことが、さまたげられた時、その反動《はんどう》に打ち負けて、我と我が身をほろぼすかも知れないのね、それが母さんは心配で――」

吐息《といき》と共に病人は言葉を止《や》めた。

（母さん、その時は牧子が弟を励まし助けますわ――）

牧子は誓いたかった、母が姉としての責任とか義務とか言って重荷《おもに》をあずけようとしないだけに、自分から進んでその重荷を負いたくなった、でも――本当にそんな誓いを果す力が自分にあるかしら？　牧子は母に誓うのを恐れて口をつぐみつつも——もし出来たら、そうありたい決心だったのだ。

＊　＊　＊　＊

その三日の後《のち》——相庭陽子は海の水泳宿舎から戻ってすぐ東京の家から、牧了のもとに電話をかけた、かなり暫く待たせて牧子は電話口に出た。

「もしもし、牧子さん、私よ——あのね、私うちから偽電《ぎでん》打って貰って急用のあるふりして、センチとファッショを置き去りにして見事に帰りましたのよ、いかが、相当なバッドガールでしょう、貴女のお荷物すっかり私揃えて持って参りましたの、明日持って伺いますわ、だって、海で毎日御一緒だったらなんだか、習慣がついて、一日お顔を見ないと憂鬱なんですもの、牧子さん、だから伺わせて——お母様の御病気お見舞《みまい》を兼ねてあがりますわ、いいでしょう？」

朗らかに甘味《あまみ》を帯びた華《はな》やかな声を、たて続けに陽子が伝えると——低くかすかな声が向うから細く力なく伝わって来た、

「——あの、母が……母が昨夜亡くなりましたから取り込んで居りますので——私の荷物は恐れ入りますが暫くお宅へお置きになって下さいませ——」

「えっ!!!」

さすがの陽子も二の句がつげず息を呑《の》んだが、やがて（牧子さん！）と呼びかけた時は、もう電話は切れていたので……。

すさみゆく心《こころ》

真白《まっしろ》い鉄砲百合《てっぽうゆり》、白い大輪《たいりん》の薔薇、白いカアネーション、その三種の白いすがすがしい花を惜《お》しみなく使った大きな花輪《はなわ》は、牧子の母君《ははぎみ》喜久子夫人の葬儀場《そうぎじょう》で一番目立《めだ》って美しかった。送り主の名は相庭陽子と木札に書いてあった。

残暑きびしい折からとて、父の弓削博士は、ごく内輪《うちわ》だけのつつましい告別式を行っただけだった。

喪主の亙のいじらしい姿と、それに隣《となり》して立つ姉の牧子、この姉弟を見る弔問《ちょうもん》客《きゃく》は皆、

「ほんとうにお可哀想に――」

「さぞ奥様も心を残して――」

と囁き合った。

小川青年は、父の博士を助けて不幸の一家への世話を鼠のようにちょこちょこと立ち働いていた。

そうした暫しの間のごたごたがすみ、家の中が静まると初めて姉弟は（悲しみ）が自分のものに帰って来た。（母さんがいない――）（もう永久に戻らぬ母）その感じが、はっきり痛ましく姉弟の胸にひしと迫って来るのだった。

母様のいらっしゃらないことは、家の中の火が消えたようなものだった、家の中のどんな隅々までも明るく柔《やわ》らかにさしていた燈火《ともしび》がはたと消えたように姉弟の心は暗かった、炉《ろ》の暖かい火が、ぱっと消え尽してしまったようにも、姉弟の身辺《しんぺん》はうすら冷たかった、今までとて、母様は病身で寝たり起きたり、そんなに立ち働きはなさらなかったのだけれど、でも母様がいらっしゃるという事それだけで、お家の中は、どこか長閑《のどか》になごやかな雰囲気《ふんいき》が流れていたのに――牧子にとっても互にとっても、それはいつでも困った時、拗ねる時、甘える時の唯一つの避《ひ》難所《なんじょ》の港《みなと》だった、何につけても安心して相談出来、教えて戴ける貴《とうと》い燈台だった、それもこれも皆一度に神様は二人の姉弟から奪《うば》っておしまいになったのだ、この姉弟のような子、あの父を持つ子供達にこそ、どんなに優しい（母）が人一倍必要かも知れないのに、それを奪い去るとは——いったい神のみこころとはなんであろう、こんなうっかりしている不注意な神様はあとで、きっと後悔なさるかも知れない。

母を失って間もないその初秋《しょしゅう》の月は姉弟の悲しみの夜ごとに、その涙が天の母のみ魂《たま》へとそそがれて銀色《しろがね》に凍《こお》りて円を描《えが》ける如く——冴《さ》え渡《わた》る月影となり、宵ごとにさんさんと月光は母なき家の寂しき窓に流れ入るのだ。

やさしきものはよるのつき
とはにくもらぬひとすぢの
きよきひかりをはなちつつ
わがよのはてをてらしゆく

たふときものはうみのはは
いつもかわらぬひとすぢの

みむねのあいにまもりつつ
われらのためにいきたまふ

ふかきまよいにあるときも
つきのおもてをながむれば
さぎりははれてほがらけき
むかしにかえるここちすれ

あらぬなやみのせむるひも
はは のみこゑをきくときは
なやみはきえてそのかみの
きよきこころぞわきいづる

ああわがともはつきとはは
ははとつきとにみちびかれ

きよけきみちをたどるこそ
をとめのわれのねがひなれ

いつか読んだ西條《さいじょう》先生の「月と母」の詩を思い出した牧子は、ともすれば溢《あふ》れる涙を堪《こら》えて今自分に残された一つの月のみを仰ぎ見た、月と母——詩人はかく歌えど牧子には、月のみ、この秋をすでに母はいまさぬのである。

牧子は自分が悲しいように、弟がどんなに寂しがっているか——それはよくわかっていた、でも弟を慰めたりかばったりするよりも、もっと余《よ》裕《ゆう》なく彼女は自《みず》らの悲しみに傷《いた》み過《す》ぎ溺《おぼ》れてしまった。

（悲しみ）というものは、程よく人の魂に浸みる時は、その人を静かに寂しげに清く優しく、おもいやり深い人とする、けれども不幸にもその（悲しみ）が極度《きょくど》に強く烈し過ぎる時は、その人を荒《すさ》ませ暗くねじけさせ、他《た》の人にも冷酷《れいこく》に白い眼を向けて、かたくなの利己主義にしてしまう——牧子はややその後者の（悲しみ）型に似ていた。

そして、牧子はその上——辛い悲しみを忘れる為の麻《ま》薬《やく》があれば、それを飲んでしまいたかった。なんでもよかった。この悲しみ辛さ寂しさ手頼《たよ》りなさを忘れさせてくれるものがあるなら――そうしたやや荒んだ気持で彼女は二学期の初めの登校をしたのだった。

　それも気が進まなかった、もう学校なんか、どうでもいい様な気持さえしたのに、たださびしく家に閉《と》じ籠《こも》り動かぬ空気の中にじっとしているより――と思って出かけたほど、いつの間にか牧子は投げやりな気持の少女になっていた、その投げやりな気持は、たぶんこんな恐ろしい名で呼ばれる筈である、その名は（自暴自棄《じぼうじき》！）

麻薬《まやく》

　牧子の姿を学校で見出すや、すぐ傍へ飛んで来たのは陽子だった。

「いかが？　少しおやつれになったのね、元気におなりになるように私おまじないして差し上げますわ」

　彼女のおまじないとは何か――ろくなものでないような気がする――でも牧子は

久しぶりで華やかに明るい陽子に接した時、何かほっとして救われた気持がした。

ああ、麻薬！　これこそ美しい毒を含む花の露《つゆ》のごと、陽子の一言《ひとこと》一言は牧子にとって、こよなき悲しみを忘れさせる不思議に妖しき魔女の声だった。もう完全に牧子は陽子の囚われ人だった。なんの抵抗力もなく陽子の魅力にずるずると引き込まれゆく力弱い子に成り果ててしまった。

「ね、私のおまじないなんだかおわかりになって？　でもおまじないはおまじないよ、秘密を要するのよ、ここでは申し上げられませんわ、でもおまじないをおとなしくお受けになるって誓って頂戴、そして私のいう通りにおなりになる？」

陽子はぐんぐんと牧子の心に食い込んで来た、蜘蛛《くも》が網《あみ》に小虫《こむし》を捕えたように——。

「じゃあ、あとでねえ——」

陽子は自分のおまじないをいかにも神聖らしくもったいつけた。

二学期の始業式はお昼前に終る、教室のお掃除や吉例《きちれい》の学期始めのお机の席順替が終って生徒達は帰るのだった。その時ほとんど夏休み以来久しぶりで一枝と牧子は口をきいた。

一枝は牧子に少しはにかむようにして近づき——

「伺えば、あのお母様がお亡くなりになったのでございますって——」と言った。伺えば——などとまず最初に言い出すところ、手紙の書始めみたいでおかしいほど、ことほど一枝はいつも、かりそめの対話にも大真面目で考えて口を開くらしい。

「ええ」

「あのウ、お花を少し持って参りましたの、差し上げて戴くよう……」口ごもりつつ言うけれど、それは牧子の母の霊前《れいぜん》へと云う意味らしかった。

「ありがとう、戴きます」

「あすこにありますから——」

一枝は先に立って歩き出した。在《あ》り場所はわかっている、水道栓のあるコンクリートの洗面場なのである。

そこのバケツに白い花をアスパラガスの葉で締めた、ささやかながら可愛い花束が入れてあった。

牧子はその花束を持って帰ろうとすると、ちゃんと陽子が待ち受けていた。

「さっきのお約束お忘れになっては駄目よ」

と所謂彼女のおまじないの催促をした。

「私に黙ってついていらっしゃいね」

陽子がそう言うので牧子は黙々《もくもく》としてその後に従った。

校門を出て暫《しば》し、或る通りの角に、一台の自動車が人を待っていた。

「さあ、これへ乗って頂戴」

運転手が扉《ドア》をあけるや、陽子は牧子をうながして乗らせ、自分もあとから――。

なんだか、まことに変なおまじないである、二人の乗った車は走り出した。

「ねえ牧子さん、お母様お亡くなりになると、そんなにひどく悲しいもの？　そうかしら？」

陽子は、むしろ不思議そうに首をかしげた。牧子は返事しなかった。母を失わない人が、そんな呑気《のんき》千万《せんばん》な問いを発するのに、いちいち答えてはいられなかったのである。

「私考えて見たの、もし私が母をなくしたら、どうするかな？　と思ってね、そしたら、別にそう悲しくもなさそうな気がしたのよ、だってそうでしょう、もう私達お乳はいらないんですもの、ホホホホホ」

陽子一人で笑っただけである。

「ねえ、そうでしょう、それにお母様なんてやかましいでしょう、いろいろ頭が古くて——して見ればお母様から解放されるのもいい事もあるでしょう、私もうちゃんと覚悟していますわ、お母様が亡くなってもお父様がお亡くなりになっても、そうおあつらえ向きの少女小説みたいに決して泣いてセンチにならないって度胸《どきょう》だけ据《すわ》っていますわ——少女の心理だって近代と昔は少し変って進歩しなければならないんですもの——」

陽子一人雄弁《ゆうべん》に語り気焰《きえん》をあげていた。牧子は黙りこくって聞いていたが、なるほど——おまじないはききめがあったらしい、牧子はその時、陽子が自分の手のとどかないほど、高いところにいる英雄《えいゆう》に見えたのだった、強い強い女王にも感じられたのだった。

母さんが亡くなっても決して嘆き悲しまない子——そんな人はその場合の牧子には魔法使から、どんな望みでも叶う宝の玉でも貰った幸福な子に思えた、すばらしい英雄に見えた。

どうか、自分もその英雄になりたいと思った、そうだ、陽子と同じような度胸に今日からなろう、なりたいと思った。

「私も、そうだったら、どんなに幸福でしょう！」

それは牧子の偽らぬ叫びだった。

「ええ、だからそうおなりなさいな、私もう母に宣言してありますのよ、（母様いつお死にになっても御安心よ、陽子は平気ですわ、もう一人で着物も洋服も選んで着られるし、学校へも行けますし、社交も出来るし、楽しく遊ぶ方法も知っているし――不自由ないんですもの）って――そしたら母が少し感情を害したようでしたけれど、（ほんとに薄情《はくじょう》な子だ）って、ホホホホホ」

「まあ！」

牧子は感嘆《かんたん》した。自分の棲む世界とまるで違った世界に陽子は棲んでいる人種のように思えた、そしてその世界には、いつでも花が咲き鳥が唄《うた》い春の風が匂って、悲しみも涙もなくって、華やかな笑いと身を酔わせるような限りない快楽が渦巻《うずま》き流れているのだと思った。

ああ、私もそんな世界に棲みたい、今日からでも、そういう世界に引越《ひっこ》したい！

牧子は今までの自分や境遇《きょうぐう》や雰囲気に、さっぱり（さよなら）を告げたかった、そしたらどんなにせいせいするだろう、悲しみも辛さも寂しさも、様々の反省の一切消え果てる国があったら——山河《さんが》幾百里幾日さすらい旅してもいい、さびしさの果てなん国を求めて——牧子は涙さしぐんで、切にそれを願った。

車はいつか品川《しながわ》の八《や》ツ山《やま》に出て京浜国道《けいひんこくどう》をドライヴしている、どこへ飛んで行くのか、その車は——でも牧子はどうでもよかった、この車にのって、永久に悲しみのない国に行ってしまいたかった——牧子は自分の悲しみの負《お》いめを避けたい一心で、もうただ一人の弟の亙のことも、父のことも——亡くなった母の思いさえ打ち忘れていた。

陽子も黙っていた。車の外の景色《けしき》は追々《おいおい》と横浜《よこはま》に近づく沿道《えんどう》の風景である。

「もう、行先《ゆくさき》、わかるでしょう？」

と陽子がきいた。牧子は自動車で、そう長いドライヴなどした事がないのでそう言われても見当がつかなかった。

「いいえ」

牧子は首を振った。

「あらそう、じゃ黙って見ていらっしゃい――大丈夫地獄《じごく》へは行かないことよ」

陽子はこう言って、牧子のほうに身を寄せかけて、仲よく肩をならべた。牧子はまだ後生大事に一枝からもらった白い花を持っていた、その花束は彼女の膝でゆれている、九月の初めのまだ秋とも言いかねる陽ざしの空気の中で、その小さい花束は水に早く入れて貰いたげに打ちしおれていた。陽子はその花束を見て、

「これ、どうなさったの、さっきから、とても大切そうにしていらっしゃるのね、少し貧弱な花束ね――」

「佐伯さんが折角下さったんですもの」

何もかも忘れ果てて、少し低能児になったような牧子もさすがに眼の前にゆれる、その花の贈主は忘れずに覚えていたと見える。

「あらそう――失礼しちゃうわ――ホホホホ、ではあの方もおまじないに同伴《どうはん》すればよかったわ、そのほうがおまじないのききめがあった筈でしょう」

「お誘いしても、佐伯さんいらっしゃりはしない――あんな人ですもの」

牧子は、花の贈主が自分みたいに、やすやすと陽子に誘い出される手はないと思った。

「ホホホホ、だってわかりませんわ、ノートを貸したり、花束をささげたり――ロボットの君も、牧子さん貴女をお好きなのよ、だから陽子、油断《ゆだん》がならなくって――」

わざと彼女は嫉妬《ジェラシー》を仰山に起して見せる風をした。

「この花は亡くなった母さんへですもの――」

牧子は白い花をゆすって見せた。

「道理《どうり》で白いのばっかりね、でも駄目よ、そんな御霊前へという曰くつきのお花を大事に抱えていらっしゃれば、私の魔法がきかなくなりますわ」

陽子はその花をぽんと突いた、――美しい魔女《まじょ》の魔術も、その母の御霊《みたま》へささげらるべき花の前には、魔力が消え失せるのであろう、でも棄《す》てかねる花である。

「それに一日持ってお歩きになれば、どうせ萎《しお》れますわ、それより帰りに横浜の大きな花屋でいいの作らせましょうよ、ねえ」

と陽子は言うなり、すいと牧子の手から花束を奪いとって半分ほど開けてあった車の窓から、腕《かいな》をあげるやさっと放《な》げた。

折から車は六郷《ろくごう》の橋にさしかかっていた。走る車の速度と吹きまくった風の力で、白い花束はくるくると舞うや、橋を超えて、水の上に、花束はとけて、真白き雪の花弁《かべん》を散らした。

牧子はその無残《むざん》な花の姿を見るや、恐ろしい罪を犯したように顔を背向《そむ》けた。

陽子は牧子の肩に手を廻してあでやかに、

「どう？」

と微笑んでみせた、技巧《ぎこう》的な、誇りと媚の錯雑《さくざつ》した美しい微笑。

牧子は心弱く、今一度、われにもなく面《おもて》を背向けようとする時、ふっとあのわすれなぐさの匂い、陽子がいつもつかうわすれなぐさの香水の匂いが、あやしい心をときめかすあの仄かな匂いがするのだった。わざとらしげにさしのぞいた陽子の美しい耳朶《みみたぼ》、そのあたりに漂う匂いなのであろう。

車は黙《もだ》した二人を乗せたまま疾駆《しっく》する、やがて車は横浜の街へ入って行った。

「私、時々ここへは買物がてら参りますのよ、私もうせん小さい頃、神戸《こうべ》にいましたの、だから港のある街は大好き」

陽子は快活に言った。――港のある街、その言葉の韻《いん》は牧子にも美しくロマンチックに響いた。

「港のある街――ほんとに――」

牧子もこころもち身を起すようにして、珍しく明るい声音で言った。まだなんのこともない低い家並《やなみ》の街筋ながら、それさえ興味ありげに、車窓から、二つの顔を並べてさしのぞいたりしながら――。

もう東京は遥《はる》かに遠い世界にすぎ去ってしまった。長い快いドライヴは、牧子をあの憂鬱からも運び去ってくれたよう、軽い疲労《ひろう》が牧子の気持をあの悲しみの呪縛《じゆばく》から解き放ってくれる。

輝かしい陽子、明るい陽子の傍にあれば牧子もなんとなしにほのかな明るみを受けてとろけてゆくようだった。

陽子は太陽だ、牧子は月だ、太陽の光をうけて、光りもし、かげりもする、ただ、太陽のあくまで明るく強いのに反し、月は、静かにどこか淋《さび》しい光なのだ。

太陽の陽子！

月の牧子！

どうやら、きょうは満月らしい、牧子は明るくはしゃいでゆくようだった。

車は街中をどんどん走ってゆく。牧子には、それがどこだか分らなかった。

「いつものところよ」

陽子が運転手に声をかけた。

「さあ降りましょう」

と陽子がさっさと降りたったところは山下《やました》町の商館の立ち並んだ通りで、すぐ目の前に白い建物の扉《ドア》の硝子《がらす》の上に、

Madame Brune

とかいてあった。その扉の横手のベルを押しながら、陽子は後《あと》を見返って、

「今日、もう帰っても好《い》いわ。お買物をして遊んで電車で帰りますって母様へ申し上げといてね」

と言うと、運転手は恭々《うやうや》しく一礼して車に入って行った。

扉があいた。

「ボンジュール、マドモワゼル」

中年の外国婦人がにこにこして顔をさし出した、白人種のくせに、いやが上にパ

ウダーを打って口紅も濃い。

「私、きょうはね、秋のドレス頼みに来たの、少しおそいでしょう、だから急いで下さるのよ、マダム」

深いお馴染と見えてなれなれしく差し出す陽子の手を握《にぎ》っただけでは足りないで、抱きよせて、大げさに額《ひたい》にキスをした。

牧子はキスなどしたのを見たのは映画以外、はじめてなのでまごまごして、陽子の後《うしろ》にかくれた。

「このお娘さんは?」

マダム・ブルュンヌが牧子の顔をのぞき込むと、陽子はいたずらっ子らしく笑って、

「私の妹よ」

「うそ、貴女ひとり娘、私にそう話したでしょう」

「では、いとこ」

「いとこ?」

マダム・ブルュンヌが一寸《ちょっと》きき返した。

「マ、クジインヌ」

陽子が仏蘭西《フランス》語で言うと、

「オ、オゥ」

とうなずいて牧子へ手をさし出した、そして牧子の小さい手を痛く、ひしゃげるほどマダムは握りしめた。

そして、

「どうぞよろしくね」

などとしゃれた日本語で言った。

「マダム、この子にも似合うきれいなきものつくって。どう、マダム、この子素敵なブルュネットでしょう、好きじゃない？　マダムも」

「ウイ、ウイ、マドモワゼル」

とマダムは目を細めるようにして牧子を眺めながら、感嘆しているようにも、似合うデザインをみつけようとしているようにもとれる表情をした。スタイルブックを持ち出して、

「パリから届いたばかりのコケットの中に、丁度好いのあったね、ええっと」

マダムはやっと探し出した。

「これ、マドモワゼル陽子、あなたによろしいね、そしてこれ、あなたのイトコにどうですか」

マダムは乗気《のりき》になって殆んど押しつけがましく独りぎめにして、布地《きれじ》を考えはじめた。

陽子のは、全体が丁度あの職工服《しょっこうふく》を思わせるような形で、ぴったり腰についたスカートの前後に縫目《ぬいめ》をみせて、裾でやや拡がって、上はズボン釣りのように背中で交叉《こうさ》して、肩から前に廻してスカートをつっている、ブラウスは、袖がかわゆくくれて、襟元《えりもと》に大きく結んだ、ずいぶん大胆なものだった、栗色のウールジョーゼットをスカートに、淡黄《うすぎ》に同じ栗色のうすい水玉をのせたクレップデシンをブラウスにするのだと言う。

牧子のは、落ちついた黄色のしっとりした、薄いウールの上下で、胸元はダブルに合せて透明なボタン、同じバックルのバンドで、肩には小さい翼《つばさ》のようなケープがついて、スカートは襞《ひだ》できりりと裾を細くと言うのだった。

結局大体その通りにきめることになった。スタイルブックをひっくり返していた

陽子が、ふと夜会服《ソワレ》の背中を大胆に美しく切り裂いたようなのを見つけて、眺めていたが、

「これ、まだ私に早い？　マダム」

とさし示した。

「え、まだ、学校出るまではね」

「こんなの早く着てみたいな」

陽子はほれぼれとその裾の長い奇抜《きばつ》な、背中まるだしの絵姿に見とれていた。

牧子は気が気でなかった。

「私、陽子さん、お父さんに伺わなければ、駄目なのよ、服つくったりするの――」

「何？　ああこれ好いのよ、私の服だとしとけば好いじゃないの、どうせ家《うち》へ届くのですもの、これからね――」

陽子はにこっと笑って、

「そうそう、みんな、おまじないよ、だから黙って、黙って！」

わざと指を唇にあてて、勿体《もったい》ぶってみせた。そう言っている陽子の足許にニャー

オ、ニャーオという甘ったれた猫の鳴声がした。みると灰色の美しい牝猫《めねこ》だった。
「そうら、この猫、きれいでしょう、マダムのマスコットよ」

と陽子は可愛げに抱きあげて頬ずりをしたが、牧子は生れつき猫がきらいで気味が悪く、おまけに、抱きあげられて半眼《はんがん》にしているようなその緑色の眼をみると、後じさりをしてしまった。陽子は声を立てて笑った。

「おやおや、お姫様《ひいさま》はお前がお嫌いらしいよ、さあ、それじゃああっちへおいで。じゃマダムね、大急ぎよ、お願いしてよ」

二人はマダムの大仰《おおぎょう》なあいさつに送られて外に出た。陽は今柔かくかげって、白い商館の立ち並んだ港の街通りには、今、ふと人影も疎《まば》らに、真昼の陽はややかたむいて大きな建物は静まり返っていた。牧子はそこは日本でないような、海を越えた国の見知らぬ都を歩いているような仄かな異国情緒《いこくじょうちょ》を感じた。

「おなかが痛いほどへったのねぇ、そら私達ったら夢中でまだ昼のお食事すましていないんですもの、衛生《えいせい》に害があるわ」

二人とも学校をお昼頃出て此処へ来て、すっかり時間を取っていた。

「もう二時よ、遅い御飯戴きましょうよ、ニューグランド・ホテルへ行って――」

陽子は牧子を案内して、広く綺麗な舗道を歩いて行った。

勝手に少女二人で、遠い街までドライヴして、勝手に洋服を註文して、そして二人でホテルへ行ってお食事しようという――そんな思うままの気儘《きまま》な大胆な行動を牧子は生れてまだ知らなかった。

まさしく陽子は美しくも小さき魔女だった。いまその魔女のあやつる糸に連れられてゆく牧子には、その辿《たど》る白き石の舗道さえ現世《げんせ》のものとは思えなかった。

禁断《きんだん》の木実《このみ》

ニューグランド・ホテルのグリルは食事時間過ぎなので静かだった。

牧子と陽子は棕梠の鉢植《はちうえ》の葉蔭《はかげ》に据えられた円卓子《まるテーブル》に相対《あいたい》した、そして陽子はボーイの差し出すメニューを取り上げた。

「牧子さん、どんなものお好み？」

彼女は牧子の前にメニューを示して相談したが、牧子はそれを念入りに選ぶほどの気持の余裕がとても持てなかった。

「私勝手にきめていいこと」

「どうぞ」

「じゃあね、冷たい蝦《えび》を先に――それからと――ミッキスト・グリルがいいわ、それにサラダ――と」

陽子はもの慣れた態度――まるで相当の年配の貴婦人の如く振舞ってボーイに命じた。

「お飲物は――」

とボーイが謹《つつ》しんで伺うと、

「アイス・ウォーターで結構」

と言いかけて、俄に悪戯児《いたずらこ》らしい眼をして、

「牧子さん、カクテル飲まない――食慾《アペチイト》が出ていいのよ」

と言ったが、牧子はただ眼をぱちくり。

「甘いのね、マンダリン台の頂戴」

とボーイにもう陽子はいいつけてしまった。

やがて、大根のふとさくらい大きな伊勢蝦《いせえび》の二つ切りが紅い殻《から》ごと、上にマヨネーズソースをかけて、お皿に載せられたのが運ばれた、そして、氷の入った冷たい水のコップと、それから台の柄の長い朝顔型のカクテルの盃《さかずき》に、うす紅いお酒の液体が盛られ、楊枝《ようじ》をさした桜坊《さくらんぼう》が一つ浮いたのが、めいめいの前に置かれた。

「甘いのよ、大丈夫よ」

陽子は微笑みつつ、カクテルの盃をあげて、棒紅《ルージュ》の跡濃き唇に当てるのである。その——少女として大それた大胆な人もなげな振舞が、牧子には美しく思えた、陽子が自分より、はるかに年齢上で様々の世界を知っていて、日本でない何処かの——譬《たと》えばバグダッドの国の王女の如く、インドの王子の献《ささ》げた世界中の何処でも、どんなものでも見通せる水晶《すいしょう》の玉だの、死者を甦《よみがえ》らせる金の林檎だの、それから、いざとなったら飛行機のように空を飛んで逃げられる絨毯《じゅうたん》だの、そんな素敵な宝物を持っている、いとも神秘《しんぴ》な王女様に見えて来た。陽子——それは牧子の眼から見ると、この世のものならぬ神通力《じんつうりき》を持っている女王だった。

だから、牧子の家の家風《かふう》としても、今までの家風の育ちとしても、自分の気性としても、どうしても許され得ぬ、こうした所業《しょぎょう》をしようとも、最後には二人して赤い魔法の絨毯に乗って窓から空はるかに逃げ出せばいい――と思えた。

だからこそ、次に出た大皿に二人分載った、ミッキスト・グリルの――様々の肉や肝臓類を焼き合《あわ》したお料理も、まるで（マクベス）の中に出る魔女が暗い洞窟《どうくつ》の中で青い火の鍋に煮た、怪しい動物の生胆《いきぎも》を血で味つけたもののような心地《ここち》さえした、それを一口くちにしたら、もう、悪を悪とも思わず、恐ろしいものも消え失せ、勇気は百倍して自分が自分でなくなるのだ――。

牧子は世にも不思議そうな、胸のわくわくする思いでホークを取ったのである。

そして、デザートに食べる淡黄《うすぎ》なアイスクリームの銀匙《ぎんさじ》の先に溶《と》けてゆくように、その日の午後の時間は経《た》って行く――。

「今日のお遊びのプログラムはこれくらいでいいわねえ、又今度ねえ」

陽子は、牧子をすっかりリードしてそのホテルのグリルを出ながら、

「今年の大晦日《おおみそか》の夜、ここへ私と一緒にいらっしゃらない、毎年仮装舞踏会《ファンシーボール》があるのよ、つまり仏蘭西《フランス》で言うレベイヨンの騒ぎが――夜中の十二時まで踊っているでしょう、そして時計が十二時を打つ、除夜《じょや》の鐘《かね》が鳴り出すでしょう、すると今まで、あかあかとついていた電気がぽっと皆一度に消えるのよ、すると、あっちでも

こっちでもシャンパンをぽんぽん抜いて、(新年おめでとう)(ボン・アンネ)(ハッピー・ニュウイヤー)でがアがア大騒ぎ、それから又賑やかに踊るの、そして夜明けの四時頃になると、その夜《よ》の仮装《かそう》の一番素敵なのを投票できめるの、服の思いつきのよかった人と、美しかった人とを——たいてい外国人に御褒美は占められるのよ、だって日本のひと弱気であんまり仮装しないんですもの、でもね、今年のには私貴女を引っ張って来ることよ、そら、いつかの私のお誕生日の夜の貴女の黒のタンゴ姿とても素敵だったでしょう、だから私自信があるのよ、牧子さんが仮装の御褒美取るように私するつもりよ、ね、私も仮装してよ、そんな服は、そら、今日行ったあすこのマダム・ブルュンヌに頼めば上手に縫ってくれるでしょう、ね」

陽子は、ホテルを出てからの道、彼女のこの冬の暮のダンスに牧子に仮装させる計画を思いついて、そうしゃべり始めた、——牧子は神妙《しんみょう》に聞いていているうちに、いよいよ我が身はバグダッドの王宮で王女の御寵愛《ごちょうあい》を蒙っているお小姓《こしょう》のような気持になって、その時は王女のお気に召す様《よう》いとも上手に巧みに仮装をしなければなどと考えるようになってしまった。

そして二人はそれから波止場《はとば》近くの海港《かいこう》の見渡せる公園に出て行った。

立ち入るべからずの柵《さく》のある芝生《しばふ》の上に、この不逞《ふてい》の少女達は平気で牝鹿《めじか》のようなしなやかな靴下の脚を投げ出した。そこから見える港には、二三艘《そう》の巨船が錨《いかり》を降《おろ》している。

「あれフランスのお船ね」

と陽子が黄いろいマストの上に三色の仏蘭西《フランス》の旗のひるがえるのを見て指さした。

「お船って、形のいいものねえ」

陽子が感嘆して見とれた。

陽子は子供のように船を喜んで眺めた。牧子もそうして船を眺めているうちに、いつかは、ああした船に乗って、島影《しまかげ》一つ見えぬ広い広い果てしない大洋の中を進みつつ、水平線に沈む紅き夕陽の光に流離《りゆうり》の涙を流しつつ、地球を旅してみたいと思う大きな（夢）の願いが胸のうちに湧《わ》き出でた。

初秋の黄昏《たそがれ》近き海空《かいくう》は、おいおいに紗《しゃ》のカーテンをおろしたように影さして、そして船の円い窓々は、ぽっと美しく灯ともった。

暫しの後《のち》――二人は街の通りに出て陽子の呼び止めた円《えん》タクで東京まで帰ることにした。車が走り出してから、

「あっ、お花を買うの忘れたわ、そら、佐伯さんから戴いた花束すててしまったでしょう、そのお代りを、ホホホホ」

陽子がでも御深切に思い出してくれたのである。

「いいえ、いりません」

牧子は走る車を止めて花屋を探して又買うのは大変だと思ってそう言った、事実彼女は今日の陽子のおまじないで、引っ張り廻されて、心に新しい刺戟をたくさん受けて疲れていたので、お花どころではなかったから、折角の一枝の心づくしのお花の身代りを買い求めようともせぬ彼女だった。

「そう、いらない、いいわね、今度私がいいお花あげることよ」

それで二人はけろりとして車の中にゆられている。

大森近くなって、そこに警官が二三人お関所《せきしょ》のように立っていて、通る自動車の車体をいちいち止めて、車の番号や運転手の許可証を検査していた。

「何か非常線《ひじょうせん》でも張っているのね、きっと悪いことした自動車が逃げてしまったのかも知れないわ」

陽子がそっちのほうを覗いて言っているとき、彼女等の自動車の前に二台も止められて、何か運転手が叱られていた、そして、やがて陽子の自動車も止められるのだ。

「いやだわ、こんな途中で止められて、時間が遅くなることよ、かまわない、走り抜けてしまって頂戴、特別に五円増してあげるわ」

と陽子が運転手の台へ大声で言った。帰り車だからと三円で乗った約束だのに、その上五円増して貰えると聞いて、たぶん運転手は向う見ずの慾張りだったと見える、或いは無免許で警官が恐ろしかったのか、

「そうですか、お嬢さん、本当ですね!」

と言うより早く、ぐいとスピードを出して、ものの見事に警官の検査のお関所を突破《とっぱ》してしまった。

「ええ、本当よ、その代りうまく逃げてしまうのよ、よくって!」

とますます座席から、まことによからぬ事を励ます陽子だった。

車は警官の追跡をまぬがれる為に、どんどんと速力を増して規定以上の速度で矢の如く風を捲き起して大森海岸の街道の暮れ方の夕闇《ゆうやみ》を突っ切り走り飛ぶのだった。

牧子は胸がどきどきした。そんな悪い事をして、もし警官につかまったら、どう

なるのか——（乗っているお嬢さんに頼まれたんです）と運転手が告白してしまえば、それきりである、二人は警察へ引っ張られる、何故車体の検査を受けるのを恐れて逃げたか——たぶん女賊《じょぞく》だろうと疑われるかも知れない、そして、お父さんは呼ばれる、学校へは問い合せられる、そして、新聞に不名誉な写真まで出る——かも知れない、考えると身ぶるいの出るほどの大冒険なのだ。

だのに、陽子はすっかり面白がって、車の後部の覗き窓から、うしろを見て、

「あらあら、今頃になって赤バイで追って来るんですもの、こっちが勝つにきまっているわ」

と、まるでスポーツでもやっている競技気分なのである。陽子も不心得《ふこころえ》だし、また運転手も不心得だった。赤い自動自転車《オートバイ》で追う警官にこそ本当に気の毒で申しわけがないわけである。

でも幸いにも——夕まぐれのうす闇の中で走るのだし、横道から又二三台自動車が出て来て、その街道に尾燈《テールランプ》が三つも四つもちらちらして走って行くので、追うほうでも目当《めあて》がつかなくなってしまったらしく、更に陽子達の車が馬力《ばりき》をかけて八《や》つ山《やま》のほうへ出てしまった時には、もう混雑《こんざつ》の巷《ちまた》で、追跡《ついせき》もどうやらまいてしまえ

たらしかった。

　牧子がほっとすると、陽子は更に悪い智恵《ちえ》があって、

「ここから――品川でしょう、省線《しょうせん》へ乗り代えて行きましょうよ、罪跡《ざいせき》をくらますために――」

などと、一かど相当の悪党ぶって、まるで少女ギャングである。

そして品川駅の前で車を乗りすてると、さっさと省線のホームへ出てしまった。

そして電車に乗ってから、陽子は、いかにもおもしろかったという表情で、

「ね、とても面白い日だったのね、牧子さん、恐ろしかった？　だけど、こんな危険な離《はな》れ業《わざ》をすると、貴女のセンチメンタルなんて、何処かに吹き飛ぶでしょう、だからおまじないはとても利くって申し上げたのよ、ホホホホホ」

　牧子は、そう言われると、まったく今日の最後はバグダッドの絨毯に陽子と乗って、京浜間の空を飛び来《きた》った心地さえした。

　禁断の木実を食べた牧子――今日いちにちの陽子との行動がどんなに悪い、道にはずれたことがいろいろあったか、彼女とてわからぬ筈はなかった、けれども、その一つ一つが恐ろしく珍しく皆胸躍るのではないか、悪いことは面白いこと、こん

なに心のふるえることなのか――毒ある茸《きのこ》は山路《やまじ》に色美しく生《は》えて人の子を誘うという、毒うつぎの実は赤くかなしく無心《むしん》の子の心を捕える、げにも毒ある悪の花の匂いも色も美しく人の子を迷わせその魂を眠らせるものだった。

牧子がやがて、我が家に帰った時、父はまだ帰宅せず、応接間で亙が一人姉いぬ留守を寂しく味気なさそうに、ピアノを鳴らしているのだった。

その亙が帰りを待ちわびていた姉の姿を見て、まつわりついて甘えようとすると、弟を優しくかまってやるには、ひどく疲れ過ぎている牧子だった、今日の午後中のあの大胆な振舞の遊びに疲れあぐんでか……。

「いやよ、亙さん、姉さんきょう学校におそくまでいて、とても頭が痛いぐらいなのよ」

と、煩《うるさ》そうに眉をひそめて弟を払《はら》いのけるのだった。そして自分の部屋にさっさと入り込んでしまう情《つれ》ない姉の後姿を見送りながら――亙は、悲しくぼんやりと涙ぐんでいた。

かまわれない子《こ》

亙はかまわれない子になってしまったのだ、お父様は自分のお仕事に忙しい、母様はお亡くなりになったし――そのあとの、ただ一樹《いちじゅ》の木蔭のお姉様の牧子は、どうしたのか、母様のいらっした時とちがった姉になってしまって、完全に亙はかまわれない子のひとりぼっちになっていた。

かまわれない子、遊んで貰えない子は、前よりも烈しくピアノに向った。寂しいこの男の子が、しょんぼりとして、一心にかなでる、たどたどしいピアノの音《ね》こそ世にも哀れふかいものの音色だった。

それだのに、牧子は――きょうもきょうとて、このさびしい母なき家に幼い弟一人を残して、まだ学校から帰らず姿も見せない――今日は土曜日だというのに彼女は何をしているのであろう？

亙はその日も土曜の午後を遊び相手のないままに垂《た》れこめてピアノを掻《か》き鳴《な》らしていた時、

「こらッ、亙！」

と背後にきびしい父の声がした。はたと鍵盤《キイ》打つ手を止めて亙は振り向くと父の博士が渋面《じゅうめん》つくって立っていた。

「何故お前は男の子のくせに、そう楽器ばかりいじくり廻しているのだ、たまには小川君と動物園へでも何処へでも連れて行って貰って為になる話でもして貰えというのに――」

亙はかなり烈しくお父様に叱り飛ばされた。小川青年に亙は連れ出されても、さほどうれしくなかったのだ。それよりもお姉様の牧子と出歩くほうがどんなに楽しいか知れなかった。それは過去の記憶を通《つう》じて見ても――。

「亙、ピアノはよせ、こんなもの、お父さんは大切なお前をピアニストにするつもりはないのだ――こんなことをして、お前の将来になんの足しになるか」

そう言うなりお父さんはピアノの前の椅子から亙をむずと引きおろしておしまいになった。

そして蓋をぴしゃりとかけて、その上に鍵をかけてしまわれた。

「もう一切手をつけてはいかんよ。男の子はもっと明るい戸外《こがい》の遊戯なりスポーツをするものだ」

とお父様は、そのピアノの小さい鍵をポケットに入れて、あちらへいらっした。気弱く父の前になんの反抗の言葉も出さないだけに亙の小さい魂《たましい》は打ちひしがれたのである。亙のような繊細《せんさい》な神経と弱いけれど敏感《びんかん》な感情とを持っている少年は、例えば高貴《こうき》の花を咲かせる育て方の難しい草花の苗《なえ》のようなもので、十分な注意と愛情深い苗床《なえどこ》が必要なのであった。それだのにこの有様は、苗床は見るも無残に荒され、注《そそ》がるべき愛情の水は涸《か》れ切っている。可哀想に苗は、ひょろひょろになって雑草《ざっそう》にひしがれ、枯《か》れるのを待つばかりであろうか。亙は何か逢魔《おうま》が時《とき》の妖婆《ようば》にでも攫《さら》われた子のようにしょんぼりと窓に倚《よ》っていたが、この悲しい現実は少年を何か空の彼方に、この世ならぬ楽園のあるのを信じさせるような気持にするのだった。

「お母様！」

と亙は呼んでみた。それは空しい叫びだ、幾千度《いくちたび》呼ぼうとも山彦《やまびこ》にあらねばかえるべきよすがもないむなしい叫び声！

亙は、でもその空しい影の母のところへでも行くより外《ほか》、自分のいるべき場所はないような気がしたのである。

姉は帰らない、父は叱る、ピアノには無情な鍵がかかってしまった、亙にはこの暗い淋しい孤独な家の中は地獄のようにみえたのだった、ふらふらとその地獄を逃れる心地で亙は外に出た。曇り日の本郷の通り、学者町と学校町との気品《きひん》をもった、静かな街路樹の立ち並び、うすれ日の中にわくら葉の散る初秋の街のしんとした侘しさは、誰にもかまわれない小さい男の子を精神喪失者《せいしんそうしつしゃ》にしてしまいそうだった。いつかぼんやりと二人三人電車を待ち佗びる人達の中に佇んでいた亙は、ふらふらと一緒に電車にのり込んでしまった、いっしんに窓につかまって外を見守っているかぼそい亙、でも亙は何も見もききもしなかったようだ、だから、車掌《しゃしょう》が後《うしろ》から声をかけた時、亙はほんとうに吃驚したように車掌を見上げ、その差し出した手を不《ふ》審《しん》そうに眺めた。

「終点ですよ、切符《きっぷ》は？」

亙ははっとしてあたりを見廻した、父も母も姉もいないのだ、むこうのほうに二三人の乗客が立ち上りかけているだけだ。

「誰かあっちにいる人と連れなの？」

「……」

亙は頭を振った。

「じゃ一人で乗ったんだね、切符はないの？」

「……」

亙はやっぱり頭を振ることが出来るだけだった。切符なしで乗ったのだ、お金も何も持ってはいないのだという考えが不意に亙を途方《とほう》にくれさせた、どうして好いかわからない、亙は恥《はじ》と惑乱《わくらん》に気が遠くなるようだった。車掌は不審そうにこのみなりの好い小さな男の子が独りでここに乗っていて、歯をくいしばるように我慢をしていま自分の前に立っているのを見て、きっと連れにはぐれてしまって泣き出したく情ないのを我慢しているのだろうと察《さつ》した、気の弱そうな子だ！

「坊ちゃん、坊ちゃんの家はこの辺かね、独りでわかるのかね？」

亙は車掌が自分を怒らずに慰めようとするような様子にびっくりし、今度は真赤になって泣き出しそうなのを我慢して夢中で肯《うなず》いた。駒込《こまごめ》の終点で深切な車掌にいたわられて下《おろ》されると亙は無我夢中で歩いた。

辿っている道の家も人も土も空も眼に入らぬほど、何かそれは地獄とも天国ともつかぬ境《さかい》の道を、恥ずかしさと悲しさとを一緒くたにして小さい身体を放り出されて、わなわなと風に吹かれて転がってゆく木の葉のような気がした。でもやがて、亙は小さな川の流れのふちをいつの間にか静かに歩いていた。

ふとその川の小さい板橋のあちらに、建築材料の置場らしいトタン板の粗末な囲《かこ》いがあって、その隣りにかなり広い空地《あきち》が続いている、その材料置場に近い空地の一隅に何やら人々が円をつくってどよめいているのが見えた。大人も子供も、そして自転車をわきにした小僧らしいのも夢中になって手を叩《たた》いている。

亙は行くあてもないその歩《あゆみ》をふらふらとその人の輪の近くに運んだ。又もやわあっとときめく声と共に人々は空を見上げた。亙も眼を上げれば、そこに人々の注視を受けて一台の小さい模型飛行機が風を切っていた。やがてプロペラの姿がだんだんはっきりと見えるように動力が落ちると、模型の飛行機は疲れた蝶か、翼を撃《う》たれたひよどりのように斜めになってたよたよと地へ落ちてゆく、タイムウオッチを持っている中学の四年ぐらいの少年が、一分二秒と呼び上げる、拍手の音が起る、次から次に自分の順番を待って、手に手にその苦心になる我が飛行機を持って小さい未来の飛行家達は我こそと思って、中央に待っているのだった。その傍の白木の細長い卓子《テーブル》のような滑走台《かっそうだい》の上に、又、両翼《りょうよく》を青や赤で塗った一台の飛行機が置かれた、機体に張りわたされたゴムの幾条《いくじょう》には、張り切れそうによりがかけられたのが、つつーと滑走台を滑るよとみると隼《はやぶさ》のように抛物線《ほうぶつせん》を画《えが》いて空高く上《あが》った、と思う間に両翼の均衡《きんこう》が悪かったのであろうか、機体を空に支えかねて、ふらふらと空気銃に撃たれた寒雀《かんすずめ》のようにむごくも地に叩きつけられてしまう、わっと笑い声が周囲《しゅうい》から起きた。

その次にはユンケルの単葉《たんよう》の小型のきりっとした白い飛行機が滑走台に置かれた、その飛行機の持主は色の浅黒い利口そうな少年だ、その時それをぼんやりみつめている亙の耳のすぐ傍で小さい女の子の声がした。

「お姉ちゃん、あれ兄ちゃんの飛行機ね、よく飛ぶと好いわねぇ」

と甘えるような姉ちゃんという呼声に亙は、我が姉牧子を思い出して寂しかった。そしてその女の子のほうを見ると、その子の手を引いて立っている姉ちゃんらしいのは姉の牧子と同じ年頃で、しかも同じ学校の制服であった。（ああうちの姉様と同じ学校のひとだ）と亙は思ってその人の顔を仰ぐと、妹の手を引いて今つつましやかに優しい眼で少年模型飛行家の小さい競技の様子を見守っているのだった。亙は、（僕も姉様に手をひかれてこうして見ているのだったらどんなに楽しいだろう）と悲しく姉を思い浮べた。

やがて、白い小さい飛行機は、かすかな唸《うな》りをさえ生じるかのように勢いよく空に舞い上った、それを見ると亙の傍《かたわ》らの女の子はぴちゃぴちゃと手を叩いて、

「兄ちゃんの飛行機、しっかり、しっかり」

と近くの人にいかにもあの飛行機を上げているのはあたしの兄ちゃんよとばかり可愛くそう叫ぶのだった。

白い飛行機はいつまでもいつまでも今までの滞空《たいくう》レコードを破るらしく空を舞っていたが、やがて、くるり、くるりと円を画いて下降しはじめる時に機体の中央に仕《し》掛《か》けてあった小さな戸が外《はず》れると、同時に小さい赤い半巾《はんかち》を丸めたようなものがパッと飛び出した。

あっと思う間にその赤いものはパアッと開いた。

「あ、パラシュートだ！」

亙は思わず元気づいたように、叫んだ。

その可愛い赤い絹の落下傘《らっかさん》は見事に開いた、さてその落下傘で降りる人はとみればなんとそれは、セルロイドの小さい小さいキューピーさん、お背中にちょんちょ

んと赤い紐《ひも》で十文字《じゅうもんじ》に落下傘をくくりつけ、ふわりふわりと降りて来るのだった。

「バンザーイ！」

と女の子は躍り上るように手を叩いた。

「お兄ちゃんは一等だわねえ」

と勝手にきめて、お姉ちゃんの手を引っ張って大はしゃぎ、拍手の音と同時にその少年は得意そうに落下傘や飛行機を拾いに走ってゆく。

「兄ちゃん！」

と女の子は声をかけた。少年は飛行機を拾いながら、その女の子のほうを見た、そしてやがて笑いながら飛行機をぶらさげて女の子のほうにやって来た。

「雪江、もうこれ要《い》らないから上げるよ」

と落下傘とキューピーを妹のほうへ差し出した。

「光夫さん、とても成績よかったわね」

女学校の制服の姉さんが優しく声をかけた。

「うん！」

と肩をそびやかして光夫さんは、豪《えら》そうな顔をして向うへ走って行った。雪江は、

キューピーと落下傘を掌の上にもてあそびながら、

「これ昨夜《ゆうべ》、姉ちゃんが随分《ずいぶん》よく作ってあげたんですものねえ」

とあの少年の素晴らしい成功の蔭には、姉の内助《ないじょ》の功《こう》のあることを仄めかしてしまった。

亙の耳にはそうした会話が全部入った。亙はあの小さい飛行家の少年を羨《うらや》ましげに眺めた、優しい姉さんに手伝って貰って手柄《てがら》を上げた少年がなんだか羨ましかったのだ、そして此頃ちっとも姉様にかまって貰えない自分を悲しく思った。

その内に、雨がぽつりぽつりと降って来た、そんな風にお天気が変ってしまったので競技は中止となったらしい、ぞろぞろと人々は帰り始めた。亙もその中に交って動き始めたが、先程のなんのあてもなくふらふらと歩いていた時とはちがって、今はまわりの家路《いえじ》を急ぐ人々の雰囲気に誘われてか又はさっきの姉弟らしい優しい会話にうながされてか、なんとはなく、家を恋《こい》しく、何かそこには優しくあたたかいものが彼を待っているような郷愁《きょうしゅう》をさえ感じているのだった。しかし電車の切符をもっていなかったことに気がつくと亙は、すっかり途方にくれてしまった、でも電車について行けば帰れる筈なのだ、そう思って、元気がないながらも人々の後から電車の終点らしいほうに向って足を運んだ、その互の後からは光夫と雪江が一枝を中にはさんで、佐伯姉弟が帰ってゆく。

「雨で決勝は決まらないんだよ、来週の土曜日まで続きをやって決めるんだって」

「兄ちゃん、又飛ばすの？」

と雪江がおしゃまを言っていた。その時俄雨《にわかあめ》を幸いに客をさらおうとする円タクが慌しく傍らを乱暴に走り抜けて行った。

「雪ちゃん危《あぶ》ないわ」

と一枝が妹を引き寄せたくらい、はげしい勢いで円タクは走ってゆく。

力無くぼんやりと歩いてゆく互の傍をこの円タクが走り抜けようとした時、この悲しみを湛えている少年が身をかわす遑《いとま》もなく彼を突き飛ばしてしまった、それをいち早く見て取った一枝は駆けよって、互を抱き起そうとした。はっとたゆたったらしい運転手は、この時再びぱっとスピードをまして一目散《いちもくさん》に車を走らせて逃げ去ろうとする。

「大丈夫だよ、僕自動車の番号憶《おぼ》えておいたから」

光夫もかけよった、賢《かしこ》げに逃げ去る自動車をにらみつけて――。

「ああこの坊ちゃん、私達の傍にさっきいた方よ。大丈夫？」
雪江も亙を見覚えていたらしく一かど心配げな顔をした。

家《いえ》の灯《ともしび》

その日も牧子は例の如く陽子に誘われて、放課後帝劇《ていげき》にシネマを見てから日比谷《ひびや》の角《かど》に新しく出来た森永《もりなが》キャンデーストアに寄り熱い濃いチョコレートの一碗《ひとわん》を啜《すす》ったりして、陽子は牧子をなかなか手離さなかった、それからやっと牧子が本郷の家《うち》へ帰った時はもう夕食の時間もとっくに過ぎていた。

足音を忍ばせるようにうちに入ると、家の中は墓場《はかば》のように冷たく寂しかった、人気《ひとけ》がまるでないかのように。女中のお給仕でおそい夕食の食卓に向った時、父は先に食事をすませたらしくその食器はかたづいていたが、弟の亙のお茶碗《ちゃわん》も箸《はし》もそのままでまだ手がついていなかった。

「亙さんどうしたの、今日？　まだ学校から帰らない？　そんなことないわね」

と女中に問うと、女中は心配らしく、

「お坊ちゃまは学校からは早くお帰りになったのでございますよ、そしてピアノを弾いていらしったのですが、いつの間にか、黙ってお出かけになったまま、まだお帰りにならないんでございますの、一体どうなすったんでございましょう？」

「まあ、どうしたのかしら？　こんなに遅い時間だのに……」

牧子は腕時計を見て驚いた。

「一人で出かけたのねえ？」

「え、左様《さよう》でございます、小川さんも今日はお見えになりませんし」

「おかしいわねえ、どうしたのかしら？」

牧子は食べかけた御飯の味もなくなってしまった。亙さん！　思えば姉一人弟一人、母を亡くして淋しい姉弟、更に相倚《あいよ》るべきふたりだのに——それだのにこの日頃、自分はろくすっぽ、かまってやりもしなかった、陽子と毎日遊び疲れて、ふらふらして心も空《そら》に——弟はどんなに淋しかったろう、今わが家に帰り来て弟の姿見えず——心痛むと共に初めて我が身のふがいなさ、どんなに頼りない悪い姉さんだったかが解《わか》るのである。

（瓦さん、ゆるして頂戴ね、姉さんが悪かったわ）

箸をおくと牧子は父の書斎へと入って行った、父の博士はこつこつと机に向って何か調べ物をしていられる。

「お父様、瓦さんは何処へ行ったんでしょう？」

父は眼鏡《めがね》越しにじろりと冷たく牧子を見つめて厳《きび》しい声音で言った。

「そういうお前こそ、今までどこに何をしておったのか？」

牧子はどきんと胸がした、そう言われれば一言《いちごん》もない彼女であるものを、罪人《ざいにん》の如く、言葉もなく差しうつむけば、父の声は更に頭の上に響いて落ちた。

「牧子、お前はお母さんを失《うしな》ったこの不幸な家庭に既《すで》に相当に年丈《とした》けた女の子としてどういう気持で暮さなければならないか考えてみようともしないのかね、お前はお母さんが、お亡くなりになる時、二人の子供のことをどんなに心に懸《か》けていられたか知らないのか？」

牧子は黙りこくっていた。

「何故、黙っておるか、何か言いたいことがあるなら、意思を表示《ひょうじ》してみい」

父の声は怒りを含んでいたが、それと共に悲しみの響もまたこもっていた。

「……私、あの寂しかったんです——なにもかも——」

「何？　寂しい、さびしければどうだというのだ、家の中の柱のお母さんが亡《な》くなったのだ、寂しいのはお前ばかりではない、お父さんも亙もだ、とりわけその中でも一番同情すべきは亙だ、あの小さい男の子を家中《うちじゅう》でかばってやるべきではないか、殊《こと》に亙はうちにとっては大切な一人の男の子だ、姉さんのお前が犠牲的にもあの子の為に尽してやるべきではないか」

たちまち牧子の反抗心は胸に燃え上った、素直に父の言うことをきく女の子となろうと思いつつも、ともすれば素直になり得ぬ我が性《さが》の悲しさよ、寂しき性と生れし子ゆえ、ゆるさせ給え、亡き母上よ——いつしか牧子の睫《まつげ》は濡れてゆくのである。

けれども彼女はこの時だけは弟のためにすべてを忍ぼうと思った。

「亙さんはどうしたのでしょう？　こんなに遅くまで。何処へゆくとも申し上げませんでしたか？」

「わしは知らん、ただあまりあれが男の子のくせにいつもピアノを鳴らしておるから叱ったまでじゃ、そしてもう弾かぬようにピアノに鍵をかけておいたのだ」

「まあ、お父様そんな……」

牧子ははっとした、母亡き後《のち》の寂しい我が家で、姉の自分がかまってやらず捨てておいた幼い弟が、ただいとせめて好きな楽器に向いつつ小さき指に打ち鳴らす鍵盤《キイ》の響の音色こそ、唯一の慰めであったものを、それさえ取り上げられた時、弟はどんなに――と思うと牧子の瞼《まぶた》を涙があふれた。みんな私が悪かったのだ――牧子は切なく父に願った、

「お父様、探しに出てみましょう、もしもの事でもあったら」

と父に寄りすがらぬばかりに牧子は身をふるわせた。

「ほんとにまだあれは帰らぬのか、馬鹿奴《ばかめ》が――揃いもそろってなんという――」

父の博士も気が気ではないらしく、椅子を立ち上った。

「一体何処へ行ったのか的《あて》がないではないか？　探すと云っても、警察へでも頼むより外《ほか》あるまい、ギャングにでも攫われたかな、しかしお父さんはリンドバーグほど有名ではあるまいしな」

と父の博士は苦笑した。悲しみ怒りながらも父が戯《たわむ》れの言葉をつけ加えるほどの余裕があるのをみて、牧子はお父様はやはり頼もしいと思った。その瞬間、日頃の反抗心も消え失せて、お父様の娘として倚りすがる気持になったのである。

そういう間にも時は経ってゆく、そしてまだ弟は帰らぬのだ。帰らぬ弟、弟よ、父も姉も、かく帰らぬ御身《おんみ》を案《あん》じ煩《わずら》うものを、弟よ、とく帰れかし、いとしの弟よ、巷に出でて、夜に入《い》るまで我が家を忘れていずくをさまようや、守らせ給え、母の霊よ、かく念じつつ牧子は父の傍らに泪《なみだ》ぐんだのである。

「牧子――」

父は娘の名を呼んでその肩に手をおいて、黒髪を撫でたのである。

「心配せんでも好《よ》い、お父様がお前達ふたりにはついている、お父さんはお母さんの分まで二人分、可愛がってやらねばならないのだなあ、今日もピアノに鍵をかけたのは、ちとやりすぎたかな」

父の言葉がいつになくしみじみと心にしみて寂しかった。思えば父もまた寂しかったのではあるまいか、父と呼ばれ子と呼ばれる断《た》ち難《がた》き恩愛《おんあい》のきずなの――熱い愛情がおだやかに柔らかく秋の真昼の仄ぬくき陽ざしの如く、ほのぼのと牧子を包むのである――父に寄り添い言葉なく瞳をふせし、その父の机の上――小型の写真の額が置かれてある、その中に今秋《いまあき》の夜の灯の下に照されつ、見つむるとき亡き母のありし日の優しき面影《おもかげ》――お母様はおっしゃっていらしった、(子供はなんでも思うような好きな道に進ませたいと思うのだけれども）とおっしゃったのにその心《こころ》持《もち》を貫きも敢《あ》えず世を去っておしまいになったのだ、そのお母様の気持を今お父様に伝えるのは自分の役目だ。牧子は勇気を出した。

「お父様、お母様がお亡くなりになる際《きわ》まで牧子におっしゃっていらしったんですの、子供は好きな道へ皆進ませてやりたい、お母様のお胸の中《うち》では互さんが音楽の才があるならば、それを大切に育《はぐく》みそだててやりたいと楽しんでいらしったのですの、お父様、お願いです、互さんにピアノを習わせてやって下さいまし、私のためのピアノなのに互さんのほうがどんなに上手に弾くでしょう、やっぱり音楽の才があるのですわ」

「そうかなあ、しかしただ面白半分に弾いているのじゃないかね？」

「いいえ、牧子なんか練習しなければならないのになかなか熱心に弾かないんですけど、それだのに互さんは――やはり天才かも知れませんわ」

「ははあ、天才とは大げさだね」

と、さすがにそう機嫌が悪そうでもなかった。

「お父様、もうピアノに鍵なんかおかけにならないでね」

「よろしい、しかしなんだな、同じ天才なら私の子らしい天才だとお父様も嬉しいんだが」

「きっとお母様に亙は似ているんですわ」

「ははあ、お前はいつの間に遺伝学《いでんがく》を研究したのかな」

お父様の御機嫌はほんとに好い、こんなに父と娘が打ち解けてお話するのさえ珍しいことだった、亙が帰らぬことの心配をさえ暫し打ち忘れるほど、父も娘も楽しかったのだ。

「それでは牧子はお父様とお母様と一体どちらに似ているのかな?」

お父様はからかうようにおっしゃった。

「きっと両方に少しずつ」

牧子が笑った。

「そうか、なるほど、ではお父様の好いところとお母様の好いところだけ似て貰いたいね、牧子」

「ええ、これからきっとそういうように致《いた》しますわ」

「ハハハハハ」

お父様は笑い出しながら、こんなのどかなひとときに亙がいたらとお思い出しになったらしく、

「それはそうと亙はどうしたかなあ」

と不安そうに牧子の顔を御覧になった。

「ええ、ほんとうに亙さん、どうしましょう、大丈夫でしょうか？」

と思い出すと居ても立ってもいられない。

「赤ん坊じゃないから、家を忘れる筈もあるまい」

とおっしゃるお父様も内心は不安なのではあるまいか。牧子は切なく弟の無事に帰るのを念じていた。

その時だった、慌しく廊下を走って来る女中の足音。

「お坊ちゃまが只今お帰りになりました」

と息せき切ったように告げるのである。

「まあ、よかった、お父様！」

と牧子は、ほっとした瞬間、くらくらと倒れそうになるほど安心をした。父と共に弟を迎えに廊下を走りながら、

「瓦さん、ひとりでいったい何処へ行っていたんだって?」

と女中に尋ねた。女中はまごまごしながら、

「あの、おひとりでなくって御姉弟の方がお三人、送っておいで下すったんでございますけど」

「まあ、そう、どなたかに送られて? あの怪我《けが》でもしたんじゃない?」

牧子ははっとした。

「はあ、あのおみあしに、ちょっとすり傷を――自動車とかで――」

女中の言葉は一向《いっこう》、要領を得ない。まず何より弟の姿をみなければと玄関へ出てゆくと、

「お姉さま!」

と瓦が飛びつくように――。

「まあ、瓦ちゃん、よく帰って来たのね、お父様も姉さんも、もうどんなに心配したか――」

と泣き出さぬばかりに瓦を抱き締めた。

「あのね、僕《ぼく》自動車に倒されたの、でもよかった、すぐ起してもらって、そして僕、

よそのお姉さん達に送って戴いたの――」

瓦は可愛く姉に告げて、自分の背後《はいご》を振り返ると、そこの玄関の扉《ドア》の外に遠慮して中にも入らず立っている三人の姉弟連れ――。

「あら、佐伯さん」

牧子は驚いて、ぱっと玄関の三和土《たたき》の上にスリッパのまま飛び降りてしまった。

「あの、弓削さん、弟さんでいらしったのね、私ちっとも知らずに――可愛い坊ちゃんがたった独りで夕方こんなにおそく歩いていらしって、自動車にすれ違いざまにお倒れになったのよ、傷大したことないようなんですけど私心配だったものですからお送りして――」

思いがけない邂逅《かいこう》にさすがに興奮したように牧子にしっかりと握られた手を引っ込めもせずに一枝は語った。

「やあ、どなたでいらっしゃいますか、有難《ありがと》うございました、どうも。さあ此方《こちら》へ一寸《ちょつと》お入り下さい、どうか――」

父も牧子の後から声をかけた。

「お父様、瓦を送って下すった方、私の学校のお友達の佐伯さんておっしゃる御姉弟ですの」

「おおそうか、そうか！　それは尚更《なおさら》、此方へちょっと入っていただいて、お礼も申し上げたいし、互のためにこんなにおそくおなりになったのだろうから、お宅のほうへお送らせしなければ――」

牧子も父の言葉に応じて、

「ええ、佐伯さんのお家、四谷《よつや》ね、車でお送りしましょうね、お父様」

「ほう四谷ですか、そりゃなかなか遠い。今車を呼ばせますから、その間此方へお入りになって様子をきかせて下さらんか？」

「ええ、どうぞそうなすってね」

牧子もとった手を離さずに一枝を招《しょう》じた。

「しかし、どうして又互にお逢いになったのですな、互はどこで自動車に倒されたのですか？」

「あのう、駒込の終点の近くで――今日駒込の先の××原で模型飛行機の競技会がございまして、弟がそこへまいりますので私達みんな一緒にまいりましたの」

「ほう、見物にですか、熱心ですなあ」

「そうじゃないの、パパ、あの光夫さんは飛行機を出したんですよ、そしてお姉さんと雪江ちゃんは応援なの」

いつの間にか子供らしく馴染んで、親しげに名前を呼んで父の前に小さい兄妹を紹介した。

「光夫さんの飛行機、とてもすてきなのですよ、ね雪江ちゃん、さっきの落下傘見せて頂戴、ほらパパ、この落下傘がパアッと拡がって、キューピーさんが静かに降りて来るとこ、とても拍手喝采《はくしゅかっさい》だったのですよ、今日雨でおしまいまで競技が出来なかったけれど、光夫さんのきっと一等だと僕思いますよ、ねえ雪江ちゃん」

互は元気に瞳を輝かして語る。

「ええ、きっとお兄ちゃんの一等よ」

雪江はなかなか人見知りもせず、おませで社交家を発揮した。

「おう、そうですか、どれその坊ちゃんの飛行機と落下傘を拝見――」

博士が手を出して、光夫の飛行機と落下傘を受け取ってよく見た。

「その落下傘はね、小父《おじ》さま、ゆうべうちのお姉ちゃんが作ったのよ、うまいでしょう」

雪江は又もやおしゃべりをする。

「おう、そう、これはこれはなかなかいい考えだ、ハハハハハ、では光夫君とやらはお姉様の内助の功あずかって力ありというべしだね――」

博士がキューピーの背負《せお》った可愛い落下傘をひろげて見ながら笑った。

「ほう、この飛行機は模型ながら、よく釣合《つりあ》いが取れて出来ている、これなら見事に飛ぶでしょうな、私も飛行機には趣味を持っている――。但し本物の大きな飛行機の構造《こうぞう》についてだが――光夫君、君は小さいのになかなかいい頭だな、こういう事がお好きかね？」

博士にほめられて、光夫は得意となり、

「え、僕、なんでも機械だの科学だの――そういうことは好きなんです、だけど――」

と一寸《ちよつと》言いよどんだ。

「だけど――なんです？」

博士が不思議に思って又尋ねた。

「僕――軍人にならなければいけないんだもの――」

光夫が答えた。

「ほう、どうして？」

博士は乗気になって一問一答を始めた。

「僕のお父さんは軍人だったんです、そしてもうせん亡くなったんです、お父様は僕に立派な軍人になってお国の為に尽せって言われたんですから――」

「おう、そうですか――しかし、軍人になっても、又偉大《いだい》な科学者になっても、国の為に社会の為に尽す事は同じですぞ」

博士が優しく力強く言うのを聞いて光夫は眼をかがやかして、

「そんなら、僕科学的な研究して何かやっても、けっして亡くなったお父様に反対するわけじゃないんですね」

「そうだと私は思うな――子供は好きな道に進ませるより仕方がないからな――実はこの小父さんもこの子に――」

と傍の亙を指《さ》して、

「ピアノを弾かせるよりも――お父さんのような仕事をさせたいと思ったが、それがやはり間違いだとわかった、亙が今日こんな騒ぎを起して、あなた方御姉弟に送られて帰るようになったのも、元をただせば――私がピアノの鍵をかけたりしたからだと思ってな――」

博士はしみじみとそう言う――。

「亙さん、お父様はもうピアノ弾いてもお叱りにはならないのよ、嬉しいでしょう」

牧子が弟に告げると、

「ほんとう――お姉さま、ああ僕うれしいな、僕は光夫君が飛行機つくるの大好きなように、ピアノひくの好きなんだもの――」

と小躍《こおど》りせぬばかりに喜んで、今日までの悲しい思いも一時に忘れたように、明るいまなざしを活々《いきいき》として見せた。

「亙はピアノをいくらでもお弾き、近いうちに誰かいいピアノの先生を探して頼むことにしよう――その代りだ、この光夫君をお父様は科学的な天才に一つ仕込んで見たくなったよ、ハッハハハハ」

門前《もんぜん》に自動車が迎えに来たらしかった。

「では車が来たようだから、今夜はお家へ帰って――牧子、四谷のお宅まで御一緒にお送りして、佐伯さんのお母様によくお礼を申し上げておくれ、そしてこれから御姉弟で宅へ遊びに来て下さい、丁度いい、お姉さんのほうは牧子と同じ学校だし、光夫君は互と遊んでやって下さい、私もお仲間入りをして遊びますよ」

博士はかく言い、姉弟をねぎらって車で帰《かえ》した、牧子も同乗して一枝の家まで送り一枝のお母様に会って今夜弟を途中から助け送って貰ったことを、厚《あつ》くお礼を申し述べた。

そして牧子は再び車にゆられて一人本郷の自宅に帰る途中さまざま考えた。

一枝が弟の光夫の為に、赤い落下傘を苦心してつくってやる愛情――それに引きかえ自分は、陽子とふらふら遊び戯れて、弟を見返りもせず、果ては今夜はからずも弟はその一枝姉弟に助けられて無事に戻り得たのではないか、一枝の手前《てまえ》もはずかしかった――。

（ああ私も一枝さんに負けないように、いい姉さんにならなければ。自分が心をつくしさえすれば、お父さまのお心だって、あんなに柔らいで、いいお父様になって下さるものを――）

牧子は烈しい悔《く》いや決心で涙ぐみつつ家《うち》へ帰った。家ではまだ寝もせで父と弟がお話していた。そして今佐伯姉弟を送って帰った牧子を見ると――

「ほんとにさっきの姉妹はいい子供達だな、お父様は羨ましかった、ことに上のほうの姉さんはしっかりして落ち着いて弟妹思いで優しい、ああいう女の子が家庭にいることは、やがてあの光夫君が生涯《しょうがい》、どれほど姉の愛に力を得てすすめるか知れんよ、互も牧子姉さんにたくさん可愛がってお貰い――」

父にそう言われて、牧子はただはずかしかった。(おやすみなさい)をして皆寝床にめいめいついてからも、牧子は様々の思いが雲の如く胸に湧いて眠られぬままに、起き上って机に向い、真白のレターペーパーを開いて、手紙を書き出すのだった。

陽子様
突然のこのおたよりが、輝かしいあなたの、晴れやかなあなたの御幸福なお気持にいささかのかげにだもならぬようにと祈ります。
あなたはお驚きになるかも知れない、なんのことか分らないとお怒りになるかも知れないと思います。でも私には、あなたにおめにかかって、今の私の気持をよくお話し出来るだけに自信もなければ勇気もございません。

美しい陽子様、牧子はあなたにおめにかかり、あなたと御一緒にいれば、ただあなたに惹《ひ》かれ、あなたの美しい魅力に自分を失います。あなたは魔法の国の輝かしい妖女です。あなたの国の妖しい美しさ楽しさ、ああ、でも今の牧子はその魅惑《みわく》に打ちかたねばならないのです。酔《よ》い痴《し》れて自分を失っていてはならないのでございます。現実の国につとめが私を待って居ります。母のないかよわい弟の姉として、寂しい父のよい娘として、牧子は生きてゆかねばなりませぬ。さようなら、陽子様、私とあなたの世界はちがうのです。二人は一緒にはなられませんの。あなたのお友達には、少しも不幸の蔭のない明るい美しい優しいひとでなければ――。

さようなら、陽子様、あなたの今迄《いままで》の御友情を牧子は忘れませぬ。でも、もう牧子はあなたの魔法の輪の外において下さいませ。

牧子

幾度《いくたび》かペンを措《お》いて思い悩みつ考えつ、夜ふくるまでに、やっとこの手紙を牧子は書き終ったのだった。

その翌朝彼女はその手紙を封に入れ教科書の鞄の中に秘めて登校した。

何も知らぬ陽子が相変らず華やかな雰囲気をまき散らして大好きな牧子に近づき、

「お早う《ボンジュール》、マドモワゼル、御機嫌如何《サバ・ビヤン》」

と握手しようとした時、牧子は、つと石の如く身をかたくして、にこりともせず、悲痛な――と言ってもいいほどの表情で、その陽子の差し出した手に白い封筒の手紙を無言のまま渡して、つと離れゆく小鳥の如く立ち去った。

「あら、おかしいのね、牧子さん、いったい、どうなすったの、何おむずかりになるの？」

と不審に首かたむけた陽子は呆気《あつけ》にとられつつ、我が手の中の一通の手紙を眺めていたが、やがて、その封を切って読み出した。

――陽子はその文面を睨みつけて、きつい眼をしたが、いきなり白い指先でびりびりとその手紙を引き千切《ちぎ》るや、まるめて放り出して、つゝんと歩き出した。その行手《ゆくて》に一枝と肩をならべて何事か親しげに語らいつつゆく牧子の姿が見えた。陽子の眉は怒りに昂《あが》った。

その日きり陽子はもう――牧子と口一つききはしなかった。二人は完全に絶交《ぜっこう》状態に入ったのである。

＊　＊　＊　＊　＊

「だから、私どうせ長続きする筈ないと思ったのよ」

軟派の連中はこう言って喜び合った。それは一時自分達を見すてて、牧子に熱中していた我等の女王陽子が、また此頃自分達の仲間にお立ち帰りになったからである。そして牧子はすっかり陽子と離れて、今度はロボットの君の一枝と、とても大仲よしになって、一枝は、弟と牧子のお家へ日曜日なぞ一緒に遊びに出かけてもいるらしいのだった。

「不思議な変化もあるものね、きっとこれも太陽の黒点《こくてん》のせいよ――」

と噂にのぼるほどだった。

そして、その年《とし》の第二学期の終り頃、試験前から陽子の華やかな美しい姿が、ぱったり学校に見えなくなった、級《クラス》の花は一輪《いちりん》姿を消したのである。――その原因は陽子が感冒《かぜ》から気管支炎《きかんしえん》を病《わずら》って永《なが》く入院しているのだった。

その年も明けて第三学期が始まったが、陽子はまだ学校を休んでいた、病後の保《ほ》養《よう》に湘南《しょうなん》の海辺に転地して、まだ暫くは通学が叶わないのである——。

人の心は浅ましいもので、暫く目の前にその姿が見えないと、陽子にお世辞《せじ》を使う必要もなく、軟派の連中には思ったほどどろくにお見舞状も差し出さぬ人がいた、また中には病気の時にお慰めして後日《ごじつ》の信用を博《はく》してと、せっせとお見舞を申し送っても、きわめて冷淡な返事がハガキで来るのだった。

病気と共に陽子はすでに級《クラス》の軟派の人達と遊ぶ気持にはなれないのらしかった。

——その頃の或る朝のこと、一枝がことありげに牧子を校庭の隅のあのヒマラヤ杉のかげに誘った。

「昨日私差出人の書いてない手紙を受け取りましたのよ、貴女にもお眼にかけて見ましょうね」

と、一つの手紙を渡した、それは、明るい空色《そらいろ》の封筒で、裏には、ほんとに、差出人の名は記されてなかった。中の用箋《ようせん》を引き出すと、それも封筒と揃いの共色《ともいろ》だった。四つに折られたそれを開くとき、牧子の頰をかすめるように仄かにほのかに——かぼそく、その懐かしい匂いが漂った——（あっ、この匂い）牧子は覚えがあった、あれは、その匂いこそは――いつか初めて陽子の邸に誕生日の祝いの宴《えん》に招かれた折、彼女が知らせたわすれなぐさの香水の匂いだった。
その匂いを浸みこませた紙の上には、細いペン書きで――

佐伯一枝様
あんなにも遠かったあなた、そのあなたを思い出す日のみ多い此頃の私、何故か――私にもわからない、私とあなたの世界はなんのかかわりもない二つの世界であった筈なのに――あなたの世界に棲むかのひとの仄かなるかげが、私の魂に郷愁を呼びさますのでしょうか、一枝様、私にはわからない――私の身体はじきに癒《い》えることでしょう、でも私の魂は故郷を失った放浪者のように佗しい彷徨《ほうこう》をつづけねばならないでしょう。
一枝様、私は貴女が羨ましい、今の私には貴女が世界中で一番幸福な方に思えてならない。ついにあの方のお友達になり得なかった私、でもあたりまえなのです、間違った方法で私はあの方を獲《え》ようとしました。嬌慢《きょうまん》な思い上った私、病気が私の嬌慢や虚飾《きょしょく》や、その他のいろいろの殼を打ちくだいてしまってくれたことはなんという有難いことだったでしょう。私はなにもかもすててしまったようなよりどころの無さと、そして清々《すがすが》しさとを一緒に感じます。私は自分の可哀そうな愛情だけをそうっと抱いてこれから生きてまいります。一枝様、私はあなたを羨ましく思うと言いましたのね、私はいっそあなたを妬ましく思うと言いましょう。でもそれと一緒に私はあなたに一番頼《たよ》って好いお友達、なつかしい道連れの気持を遠くから抱いて居ります。あの方があなたを愛し、あなたがあのかたを愛していらっしゃる限り――。ああ一枝様、私も貴女方にふさわしい者になりたい、あなたは私を助けて下されるのではないでしょうか。

これでぽつんと切れていた。その文字を読みゆくうちに、自ずから湧き出ずる涙に堪えかねる牧子――それと共にやはり涙さしぐんだ一枝――二人はその手紙を中にたがいに涙に濡れた瞳を見かわして、しばし言葉もなかった。

＊　＊　＊　＊　＊

冬の海辺の静けさよ――よせては返す波のしぶき、砂地に黄いろく陽のかげがさして、散らばる貝殻《かいがら》が白くきらきらと星屑《ほしくず》のように光る、そのあたりに引き上げてある漁船に黒い大網《おおあみ》がひろげて乾《ほ》してある、海添《うみぞい》の別荘の戸は大方《おおかた》しまって寂しく、ただ松風《まつかぜ》の音のみさえる、その冬の海辺の朝――美しい子は病にややにやつれて面《おも》痩《や》せの姿も嫋《たお》やかに砂地を辿ってゆく――それは陽子だった、珍しくも着物の姿で、両の袂《たもと》から緋《ひ》の振《ふり》が汐風《しおかぜ》になびいて麗しい、友もなく語らう人もないこの海に一人病を養《やしな》う子は、ありし日の級《クラス》で孔雀の如く振舞いし女王の日毎《ひごと》は遠い世の夢幻《ゆめまぼろし》と消えて、いまは小さい波の音にも、涙を浮ばせる多感《たかん》な少女となっていた。美しい瞳は、それゆえに更に黒い潤《うるお》いを帯びて明眸《めいぼう》いやはてにうるわし。

果てしない水平線の彼方を見つめつつ、何思うらん、美しい子はさびしく儚《はかな》げに佇む。

「陽子さん！」

どこからとなく我をなつかしく呼ぶ名に胸轟《むねとどろ》かせて振り向けば、近き砂丘の陰《かげ》から身軽い洋装のオーバの襟を立てて陽子を目がけて、微笑みつつ走りよるひと――それは牧子だった。彼女の手には温室《おんしつ》咲《ざ》きの色とりどりの花束が大切に持たれて

――。

「あら」

と言ったまま、立ちすくむ陽子の頬に血の気はさっとさし、その心臓はふるえるかのように――。

「お見舞に伺ったのよ、このお花佐伯さんから、来るかわりのおことづけ」

と花束を陽子の胸のあたりにささげるようにして、牧子は彼女の肩に手をかけた。

「早くお丈夫になって頂戴、そして私達三人で仲よしになって――」

言いさして牧子が明るい心ながらふっと泪ぐんで陽子の肩に面《おもて》を伏せた。その言葉より早く嬉しげに涙さえ気弱く浮べて寄り添う陽子の黒髪から袂から仄かに匂い漂う、ああ、あのなつかしい、わすれなぐさの香水の薫りよ――でもその匂いは牧子に怪しい罪とおののきへの誘いを、いささかも、もたらしはしなかった。否《いな》、その匂いこそ、これからの三人《みたり》の少女《おとめ》の結び合う友情のあかしの如く、明るく、清く、しめやかに、懐かしく牧子の心に浸み入ったのである――。

――この物語はここにおわる――

解説

内田静枝

出版美術を専門とする美術館に勤めて二十数年が経ちますが、昨今の、大正～昭和初期の少女文化に対する関心の高まりには目を見張ります。私が学芸員になりたての頃とは大違いなのですが、どうやらこの変化の原動力となっているのは若い世代のようです。昔懐かしのオールドファンだけでなく、一〇代、二〇代、三〇代の間にもこの分野の魅力がじわじわと浸透してきたことが、ここへきて一気に水位を押し上げた要因となっているのです。私の勤める弥生美術館にも、卒論で挿絵を取り上げる、吉屋《よしや》信子《のぶこ》の小説を研究しているといった若い人が訪ねてくれる機会がぐんと増え、少女雑誌を研究する者として胸を熱くしています。

では、本作「わすれなぐさ」が書かれた状況について、吉屋信子や昭和初期の少女文化に初めて触れる方にも向けて少々解説いたします。

本作は少女雑誌『少女の友』（実業之日本社発行）昭和七年四月号〜十二月号に掲載された連載小説です。昭和初期における少女雑誌の連載小説とは、今でいえば人気の連載漫画やテレビドラマにあたるでしょうか。ただし、娯楽が少なかったこの時代、雑誌は少女たちに楽しみを与えてくれる最たるもの、そこから得られる感動や次回を待ちわびる気持ちは、今とは比べものにならない程大きなものでした。

そして、少女雑誌で活躍する小説家の中で格別に高い人気を誇ったのが、本作の作者である吉屋信子なのです。

吉屋信子は明治二十九年生まれ。大正五年、二〇歳の時に雑誌『少女画報』に発表した「花物語《はなものがたり》」が話題となり、たちまち人気少女小説家となります（「花物語」は後に単行本化され、〈女学生のバイブル〉として異例のロングセラーを記録しています）。大正九年頃からは大人向けの大衆小説家としても頭角を現し、昭和の初めには印税で約一年間のヨーロッパ外遊を楽しむ程の成功を収めます。

そんな信子に熱い視線を送ったのが『少女の友』でした。大人向け小説へシフトしつつあった信子と『少女の友』とは大正十三年頃から縁が遠のいていたのですが、昭和三年に再び「暁《あかつき》の聖歌《せいか》」を得、編集部では連載終了後に欧州へと旅立った信子の元にまでラブコールを送るなどして囲い込みをはかり、見事独占契約を結んだのが昭和五年の連載「紅雀《べにすずめ》」でした。「紅雀」は投稿欄に特設コーナーが出来る程の大人気を博し、その勢いは翌年の「櫻貝《さくらがい》」へと続きます。そして待望の長編第四弾として鳴り物入りで登場したのが、この「わすれなぐさ」だったのです。

「わすれなぐさ」は信子が数多く書いた少女小説のうちでも傑作の一つといえます。

本作はとある女学校の同級生三人の人間模様を描いた物語です。風変わりと評判の牧子を、自分のものにしようとゲーム感覚で迫る女王然とした陽子。牧子は陽子の誘惑に抗えない一方で、対照的な一枝にも惹かれるものを感じます。他方、「ロボットの君」と異名をとる真面目一徹の一枝もまた、ひょんな事から牧子を意識するように……。個性の異なる三人の〈三角関係〉の行方に、読者をぐいぐいとひきこむ力強い作品です。

けれども、「わすれなぐさ」の魅力は巧みなストーリー展開だけではありません。信子は性格も家庭環境も異なる少女たちの心の裡《うち》とその成長をリアルに描き出し、さらには男尊女卑思想や良妻賢母教育への疑問を、エンターテインメントの形をとりながらも、はっきりと読者へ投げかけているのです。

例えば、牧子は「私達は人間として生れて、何をしなければいけないのだろう」と自問自答するような知的な少女ですが、彼女の内に芽生えた小さな問いも男尊女卑主義者の父親に否定され、ただ女の子であるという理由で自分の存在を認めてもらえません。軍人の遺児として家族支え合って仲良く暮らす一枝もまた、母が弟ばかり優遇するのは不満に思っています。信子は牧子と一枝を家父長制のもと生きにくさを抱えた少女として描いているのです。

また、作中、牧子の父とその弟子が言い放つ「人間は何をなすべきか。その人の義務はただ、男は頭をよくして学問で科学であらゆることで研究をして業をなし人類社会に貢献しなければならないのだ、そして女は結婚して家庭をおさめ子を養育する天職が義務だ」「お嬢さん、つまり女学校ではその義務について女の子達を教育しているのですよ」との言葉。これに牧子は傷つき反抗心をたぎらせますが、この当時、一般的だったのはむしろ彼らの考えの方でした。しかし、信子は彼らの根底にあるのが女性蔑視の考えであることを牧子に悟らせ、考えさせるのです。「我ら何をなすべきか？」と。

〈少女小説の女王〉としてメジャーな人気を誇った吉屋信子ですが、その作風は決して王道をゆくものではありませんでした。大正～昭和の少女小説は訓話物語か、「心優しき清い少女が数奇な運命に翻弄されながらも最後には幸せを摑む」といった波瀾万丈ものが定石でした。しかし、信子は思春期の少女たちの過剰なまでの自意識、嫉妬心、裏切り、犠牲、など、これまで誰も書かなかった心情を綴りました。大正～昭和初期にあまた少女小説が書かれたにもかかわらず、信子作品だけが今も読まれているのは、自我の確立にもがき苦しむヒロインの姿に、現代の乙女たちも共感できるからだと思われます。

もっとも、大衆小説家として鳴らした多作の信子のことです。ジェットコースター的展開の物語もお手の物でした。「わすれなぐさ」が傑作たりえるのは、信子のエンターテイナーとしての手腕と、フェミニストとしての鋭い問題意識とが、バランスよく融和した作品だからだといえるでしょう。

吉屋信子は良妻賢母になることだけが女性に求められた時代に、自らの才能で経済的に自立し、思うように生きる自由を摑み取った女性です。ゆえに初期作品には若き信子の葛藤が投影されており、時に冗長で、時に痛々しくも感じられる側面があります。ですが、本作執筆当時の信子は功なり名遂げた三〇半ばの女性となっていました。満身創痍《まんしんそうい》の直球勝負ではなく、時にはユーモアを含みながら、余裕をもって、確信犯的にフェミニズム的視点を忍ばせているのです。

正直にいえば、本作の面白さは陽子のキャラクターにあると私は感じています。かつてこんなヒロインがいたでしょうか？　少女小説において敵役《かたき》たるお金持ちのお嬢様はつきものですが、陽子はありがちなイジメや策略なんて小さなことはしません。教師や上級生や親を手玉にとるなど朝飯前。はては警察も恐れず、「ホホホ」と高笑いをして済ませてしまいます。陽子はただ牧子を得たいという欲望にまっすぐで、そしてそのための手段は目がくらむほどゴージャスなのです。牧子や一枝が感じる閉塞感など突き抜けた、欲しいものは欲しいのよ！といわんばかりの破天荒な陽子のパワー。これが物語に立体感を与え、現代人をも楽しませる作品にしていると思うのです。

陽子の在り方こそが新時代の少女の生き方であるとするのは深読みにすぎませんが、陽子のキャラクターが物語を牽引していたことは、連載当時の挿絵からも確信

「わすれなぐさ」連載時の高畠華宵による挿絵。マダム・ブルュンヌと牧子が描かれている。
(「少女の友」昭和７年10月号／二康図書館蔵 ©弥生美術館)

できます。挿絵を描いたのは妖艶な美少女画を得意とする高畠華宵《たかばたけかしょう》。華宵の起用は陽子のコケティッシュな美貌を描くことを念頭に置いてのことでしょう。興味深いことに、挿絵には華宵独自の解釈も加えられています。陽子が牧子を港町に連れ出し豪遊する回では、タイトルカットや飾り罫にデビルの姿が描かれ、マダム・ゾルユンヌは妖かしの魔女のよう。中東のハーレムにいるような半裸の美女（陽子のイメージ）までが描かれ、華宵は陽子が誘うめくるめく世界をより一層妖しく、魅惑的に視覚化しているのです。

　このたび吉屋信子の名作「わすれなぐさ」が河出文庫として甦り、好事家向けの愛書としてだけでなく、日常生活の中で普通に出会える本として登場したことで、大正～昭和の出版文化・少女文化を愛する人の輪がもっともっと広がることを期待しています。

（うちだ・しずえ＝弥生美術館学芸員）

解説

宮田愛萌

吉屋信子の存在を知ったのは高校生の頃だ。今野緒雪さんの『マリア様がみてる』を愛読していた私に、当時ネット上で仲良くしていたお姉さまが「吉屋信子はもう読んだ？　少女小説が好きなら読むといいわよ」と、まるで女学校の先輩のように教えてくれたのだった。あれから数年後、まさか私が『わすれなぐさ』の解説を書かせていただくことになるとは、夢にも思わなかった。あのお姉さまと連絡をとる手段もなくなり、もう会うことはできないが、もしまた会えたら是非読んでもらいたい。きっと喜んでくれるはずだ。

この本は、女学校に通う三人の少女たちの関係を描いた物語である。美しくわがままな陽子、ロボットと称されるほどに真面目で模範生の一枝、そして無口で風変わりな牧子。今風に、スクールカーストトップの陽子と、下の方の一枝、クラスのカーストに属さない牧子と言うと、わかりやすいかもしれない。

学校というのは閉鎖的で独特の世界だ。卒業したらもう一生交わることのないような人たちが小さな教室に集められて、一日の大半を過ごす。なんてことのない、誰それが前髪を切った、という程度のことすらも女学生にかかれば大ニュースになるのだから、陽子のひとつひとつの行動が大きな影響を与えていたことは想像に難くない。「クレオの君」とあだ名をつけられるほどの人を引き付ける力を持つ美しい陽子に好意を向けられることは、牧子にとっては竜宮城に迷い込んだような気持ちだろう。

また、牧子の父親は女である牧子よりも弟の亙ばかりをかわいがる、男尊女卑の気を持つ人であった。利己的な父に反抗する気持ちを持つ牧子にとって、年上の男の人相手にも自由な振る舞いをしたり、女らしく華やかに着飾ったりしている陽子の姿はより魅力的にうつったのではないだろうか。

牧子の目を通して見る陽子は、ファム・ファタールのような性質を持っていると思う。陽子との出会いによって牧子の生活はどんどん変わっていくが、陽子は周囲の人間に影響を与えている自覚がない。ただ、牧子に自分のことを好きになってもらいたいだけなのである。牧子のことをどうしても手に入れたい、というある種まっすぐな気持ちは、陽子自身の持つ魅力と相まって、魔性に姿をかえる。一枝が牧子の亡くなった母親に贈った花束を、陽子が車の窓から捨てた時が、陽子の魅了の魔法に完全にかかった瞬間だったのだと思っている。

そんな破滅の道へ進んでいく牧子をもとの世界に引き戻すのが一枝だ。

一枝は亡き父親の遺言を守って、家族のために尽くしている。長女だから弟妹のために自分は犠牲になる精神で、という父親の遺言を真面目に聞く一枝は、父親の言うことをよく聞く良い娘である。母親までも弟を一番に優先することに一枝は寂しさを感じながらも、弟は男の子で後を継ぐ子だからと納得し、自分は小さな妹の面倒をよくみる。「我ら何をなすべきか?」ということを自分の目で見て知りたいと思い、性別にとらわれずに人間としての自由な生き方を夢見る牧子とは違う。陽子の誕生日パーティーに出た牧子たちが自分のことを嘲笑しているように感じたとしても、一枝は揺るがない。まっすぐさを持つ一枝が揺らぐのは、もしかしたら牧子は自分のことが好きなのかもしれない、と思う瞬間だけである。身近な人からの「こうい」（この場合好意でも厚意でも）は、人をほんの少しだけ変えさせてしまうらしいことが、私には興味深かった。

他者に好意を向けること、向けられること、という視点で見ると、牧子は陽子や一枝に比べて揺らぎが少ない。陽子からわかりやすく好意を向けられていても、陽子の住む世界に心を奪われても、陽子自身に興味を持つ描写が少ない。いつでも受け身である。陽子が、一枝も牧子に好意を抱いていると言ってみたり、一枝に嫉妬してみせたりしても、牧子は反応が薄い。これは、冒頭で語られた牧子の風変わりで個人主義の性質というよりも、他人が自分に好意を抱くことをあまり想定していないのではないかと考えた。陽子になにか誘われても、断ることばかり考えて、なぜ陽子が自分ばかりに構うのか、好意を抱くのかということを考えていない。この好意に無頓着なところこそが、牧子を主人公たらしめているのだと思う。ゲームなどでもよく見るような驚くほどに鈍いヒーロー・ヒロイン像に重なって見えるのだ。そういった鈍い主人公たちはどんなに真っ赤な顔で「あなたが好きだ」と告げられても、「あれ、なんか言った?ごめん、鳥の鳴き声で聞こえなかった」などと言ってみせる。人から愛されるには、鈍感力というものが必須なのだろうか。陽子からすると、牧子こそがファム・ファタールのように見えているのではないかと思ってしまう。

陽子と牧子と一枝のいびつな三角関係は、牧子が陽子に別れを告げることで終わる。そして、陽子が病に伏せ、牧子をあんなふうに手に入れようとしたことが間違っていて、一枝を羨ましく思う気持ちを受け入れた時、三人はほんとうの友情を得る。

この最後まで読み、結局陽子が手に入れたかったものとは、一枝なのではないかと思えてならない。思い返せば冒頭、牧子が一枝にノートを借りたことがきっかけで、陽子は牧子に執着するようになる。牧子との関係性の中でも、ひどく一枝のことを気にしている描写が多い。最後の陽子から一枝に向けた手紙では、あなたを妬ましく思うと認めている。今まで陽子は「嫉妬を仰山に起して見せる風をした」など、牧子に対してパフォーマンスする部分が大きかった。もしかしたら陽子は、ただ一枝と友達になりたかっただけなのかもしれない。陽子が自分の行動を認めることで、やっと、牧子を挟んで対等な関係になれたのだ。

これはさすがに考えすぎであろうか。
ただ、思春期の女の子同士の関係性は、大人よりもずっと独特で突拍子もない。
その危うさが、少女の美しさを際立たせ、より魅力的に見せるのだろうと思う。

（みやた・まなも＝作家）

初出　「少女の友」一九三二年四月号―十二月号
初単行本　『勿忘草』麗日社、一九三五年一月

河出文庫版は、実業之日本社版『わすれなぐさ』（一九四〇年）を原本にして新字・新仮名遣いに改めた上で刊行された国書刊行会版（二〇〇三年）を底本とし、適宜、東和社版（一九四八年）、ポプラ社版（一九六〇年）を参照した。また、ルビと註を適宜付し直した。尚、本文中、今日では差別表現につながりかねない表記があるが、作品が書かれた時代背景と作品の価値をかんがみ底本のままとした。

＊本書は、二〇一〇年三月に河出文庫より刊行した『わすれなぐさ』を新装したものです。

わすれなぐさ

二〇一〇年 三 月二〇日 初版発行
二〇二三年 八 月一〇日 新装版初版印刷
二〇二三年 八 月二〇日 新装版初版発行

著 者 吉屋《よしや》信子《のぶこ》
発行者 小野寺優
発行所 株式会社河出書房新社
〒一五一-〇〇五一
東京都渋谷区千駄ヶ谷二-三二-二
電話〇三-三四〇四-八六一一（編集）
〇三-三四〇四-一二〇一（営業）
https://www.kawade.co.jp/

ロゴ・表紙デザイン 粟津潔
本文フォーマット 佐々木暁
印刷・製本 中央精版印刷株式会社

Printed in Japan ISBN978-4-309-41983-1

花物語 上・下

吉屋信子　40960-3 40961-0

美しく志高い生徒と心通わせる女教師、実の妹に自らのすべてを捧げた姉。……けなげに美しく咲く少女たちの儚い物語。「女学生のバイブル」と呼ばれ大ベストセラーになった珠玉の短篇集。

百合小説コレクション　wiz

深緑野分／斜線堂有紀／宮木あや子 他　41943-5

実力派作家の書き下ろしと「百合文芸小説コンテスト」発の新鋭が競演する、珠玉のアンソロジー。百合小説の〈今〉がここにある。

キャロル

パトリシア・ハイスミス　柿沼瑛子〔訳〕　46416-9

クリスマス、デパートのおもちゃ売り場の店員テレーズは、人妻キャロルと出会い、運命が変わる……サスペンスの女王ハイスミスがおくる、二人の女性の恋の物語。映画化原作ベストセラー。

白い薔薇の淵まで

中山可穂　41844-5

雨の降る深夜の書店で、平凡なOLは新人女性作家と出会い、恋に落ちた。甘美で破滅的な恋と性愛の深淵を美しい文体で綴った究極の恋愛小説。第十四回山本周五郎賞受賞作。河出文庫版あとがきも特別収録。

感情教育

中山可穂　41929-9

出産直後に母に捨てられた那智と、父に捨てられた理緒。時を経て、母になった那智と、ライターとして活躍する理緒が出会う時、至高の恋が燃え上がる。『白い薔薇の淵まで』と並ぶ著者最高傑作が遂に復刊！

弱法師

中山可穂　41883-4

能楽をモチーフとした、著者最愛の作品集（「弱法師」「卒塔婆小町」「浮舟」を収録）。河出文庫版の新規あとがきも掲載。

ナチュラル・ウーマン

松浦理英子 40847-7

「私、あなたを抱きしめた時、生まれて初めて自分が女だと感じたの」――二人の女性の至純の愛と実験的な性を描いた異色の傑作が、待望の新装版で甦る。

少女ABCDEFGHIJKLMN

最果タヒ 41876-6

好き、それだけがすべてです――「きみは透明性」「わたしたちは永遠の裸」「宇宙以前」「きみ、孤独は孤独は孤独」。最果タヒがすべての少女に贈る、本当に本当の「生」の物語！

きみの言い訳は最高の芸術

最果タヒ 41706-6

いま、もっとも注目の作家・最果タヒが贈る、初のエッセイ集が待望の文庫化！「友達はいらない」「宇多田ヒカルのこと」「不適切な言葉が入力されています」ほか、文庫版オリジナルエッセイも収録！

ふる

西加奈子 41412-6

池井戸花しす、二八歳。職業はＡＶのモザイクがけ。誰にも嫌われない「癒し」の存在であることに、こっそり全力をそそぐ毎日。だがそんな彼女に訪れる変化とは。日常の奇跡を祝福する「いのち」の物語。

ドレス

藤野可織 41745-5

美しい骨格標本、コートの下の甲冑……ミステリアスなモチーフと不穏なムードで描かれる、女性にまといつく“決めつけ”や“締めつけ”との静かなるバトル。わかりあえなさの先を指し示す格別の８短編。

あなたを奪うの。

窪美澄／千早茜／彩瀬まる／花房観音／宮木あや子 41515-4

絶対にあの人がほしい。何をしても、何が起きても――。今もっとも注目される女性作家・窪美澄、千早茜、彩瀬まる、花房観音、宮木あや子の五人が「略奪愛」をテーマに紡いだ、書き下ろし恋愛小説集。

きょうのできごと　増補新版

柴崎友香　41624-3

京都で開かれた引っ越し飲み会。そこに集まり、出会いすれ違う、男女のせつない一夜。芥川賞作家の名作・増補新版。行定勲監督で映画化された本篇に、映画から生まれた番外篇を加えた魅惑の一冊！

寝ても覚めても　増補新版

柴崎友香　41618-2

消えた恋人に生き写しの男に出会い恋に落ちた朝子だが……運命の恋を描く野間文芸新人賞受賞作。芥川賞作家の代表長篇が濱口竜介監督・東出昌大主演で映画化。マンガとコラボした書き下ろし番外篇を増補。

泣かない女はいない

長嶋有　40865-1

ごめんねといってはいけないと思った。「ごめんね」でも、いってしまった。――恋人・四郎と暮らす睦美に訪れた不意の心変わりとは？　恋をめぐる心のふしぎを描く話題作、待望の文庫化。「センスなし」併録。

あられもない祈り

島本理生　41228-3

〈あなた〉と〈私〉……名前すら必要としない二人の、密室のような恋――幼い頃から自分を大事にできなかった主人公が、恋を通して知った生きるための欲望。西加奈子さん絶賛他話題騒然、至上の恋愛小説。

私を見て、ぎゅっと愛して　上

七井翔子　41792-9

婚約者がいるにもかかわらず、出会い系サイトでの出会いをやめられない女性が、さまざまな精神疾患を抱える日常を率直に綴った話題のブログを大幅に改訂し文庫化。

私を見て、ぎゅっと愛して　下

七井翔子　41793-6

婚約者がいるにもかかわらず、出会い系サイトでの出会いをやめられない女性が、さまざまな精神疾患を抱える日常を率直に綴った話題のブログを大幅に改訂し文庫化。

著訳者名の後の数字はISBNコードです。頭に「978-4-309」を付け、お近くの書店にてご注文下さい。